신부님 우리 신부님

Mondo piccolo
Don Camillo
Giovanni Guareschi

신부님 우리 신부님

조반니 과레스키 지음 | 김운찬 옮김

문예출판사

차례

여기 '조그마한 세상'을 설명해주는
세 개의 이야기와 인용 구절 하나___7
   첫 번째 이야기___13
   두 번째 이야기___21
   세 번째 이야기___32

고해성사___45

영세___51

성명서___59

사냥 금지 구역에서___71

경쟁___81

처벌 원정대___92

죄와 처벌___104

고향으로의 귀환___112

패배___126

한밤중의 종소리___138

사람과 동물___145

강변에서___161

무관심한 사람들___172

도시 녀석들___187

화가___203

축제___213

할머니 선생님___227

다섯 더하기 다섯___238

옮긴이의 말___245

여기 '조그마한 세상'을 설명해주는
세 개의 이야기와 인용 구절 하나

나는 젊었을 때 신문 기자 일을 했다. 그래서 기사 거리를 찾기 위해 하루 종일 자전거를 타고 쏘다니곤 했다.

그러다가 한 소녀를 알게 되었는데, 그 이후로는 내가 멕시코의 황제가 된다면, 또는 내가 죽는다면, 그 소녀가 어떻게 행동할까 생각하느라고 하루 해를 보내곤 했다. 그러고는 저녁에 이야깃거리를 지어내야 했다. 그런데 그 이야기들은 진짜보다 더욱 그럴싸해서 사람들이 훨씬 더 좋아했다.

내 어휘 능력은 겨우 2백 단어가 될까말까 한다. 그 단어들을 이용하여 나는 자전거에 받친 노인 이야기나 감자를 깎다가 손가락 끝을 날려버린 시골 아낙네 이야기를 쓰곤 했다.

그러므로 이 책은 문학이나 그와 유사한 것은 절대 아니다. 이 책에서 나는 신문 기자에 지나지 않으며 단지 기사 거리만 이야기할 뿐이다. 이것은 모두 지어낸 이야기들이지만 아주 그럴싸해서 이야기를 쓰고 나서 한두 달이 지난 뒤에 실제로 그런 일이 일어난 적이 여러 번 있었다. 전혀 이상할 것이 없다. 그건 단순한 추론의 문제다. 누구라도 어떤 시대, 계절, 유행, 심리적인 상태 등을 곰곰 생각해보면, 어떠어떠한 상황에서는 어떠어떠한 일들이 일어나리라는 결론을 내릴 수가 있다.

그러므로 이 이야기들도 어떤 구체적인 분위기와 구체적인 환경에서 전개된다. 그것은 바로 1946년 12월부터 1947년 12월까지 이탈리아의 정치적 분위기다. 간단히 말해서 1년 동안의 정치적 상황이다.

또한 구체적인 환경은 포 평야의 한쪽 모퉁이다. 여기서 명확히 밝혀두고 싶은 것이 있는데, 내게 포 강은 피아첸차에서 시작된다는 점이다.

피아첸차 위쪽도 역시 똑같은 포 강이라는 사실은 아무런 의미가 없다. 피아첸차에서 밀라노로 가는 에밀리아 길도 역시 결국은 마찬가지 길이다. 하지만 에밀리아 길은 피아첸차에서 리미니로 가는 길이기도 하다.

강과 길을 서로 비교할 수는 없다. 길이란 역사에 속하고 강은 지리에 속하기 때문이다.

그래서 어떻단 말인가?

역사란 인간이 만드는 것은 아니다. 인간은 지리적 환경에서 살아가듯이 역사 속에서 살아간다. 게다가 역사는 지리와 똑같은 기능을 한다.

인간들은 산에 구멍을 뚫거나 강 줄기를 돌려놓으면서 지리적 환경을 바꾸려고 노력한다. 또 그렇게 함으로써 역사의 흐름을 바꾸어놓았다는 환상에 빠진다. 하지만 실제로는 아무것도 바꾸지 못한다. 왜냐하면 언젠가는 모든 것이 완전히 뒤집어지기 때문이다. 강물이 넘쳐 다리들이 무너지고, 제방이 파괴되고, 그 폐허 더미 위에 잡초들이 자랄 것이다. 그리고 모든 것이 흙으로 돌아가게 될 것이다. 살아남은 사람들은 돌멩이로 짐승들과 싸워야 하고, 또다시 역사가 시작될 것이다.

언제나 똑같은 역사가 말이다.

그러다가 3천 년쯤 지난 후에 사람들은 20여 미터의 진흙 속에서 수도꼭지 하나와 성 요한 6세의 브레다 승용차 핸들을 발견하고는 "이 유물들 좀 봐!" 하고 말할 것이다.

그러고는 또다시 먼 옛날 선조들과 똑같은 어리석은 짓을 되풀이 할 것이다. 인간이란 진보를 향하도록 만들어진 불행한 피조물이기 때문이다. 그 진보라는 것이 결국은 영원한 창조주 아버지를 새로운 화학 공식으로 대체하도록 만들어버린다. 그래서 결국 창조주 아버지는 왼손 새끼손가락 마지막 마디를 10분의 1밀리미터만 까딱할 것이다. 그러면 모든 것이 허공으로 날아가버린다.

어쨌든 포 강은 피아첸차에서 시작된다. 이탈리아에 유일하게 존경받을 만한 강이 있다는 것은 아주 멋진 일이다. 존경받는 강들은 모두 평야로 흐른다. 물이란 수평으로 흐르도록 만들어졌기 때문이다. 그리고 완전히 수평이 되었을 때에만 물은 그 모든 자연의 위엄을 유지할 수 있다. 나이아가라 폭포는 인간이 두 손으로 걸어가는 것과 마찬가지로 아주 특이한 현상에 불과하다.

포 강은 피아첸차에서 시작되고, 또 피아첸차에서는 내 이야기의 '조그마한 세상'이 시작되기도 한다. 이 '조그마한 세상'은 포 강과 압펜니니 산맥 사이의 조그마한 평야 모퉁이에 있다.

……이탈리아의 다른 어느 곳과 마찬가지로 이곳의 하늘은 짙은 안개가 끼는 음울한 계절을 제외하고는 언제나 눈부시게 파랗다. 대부분 부드럽고 신선하며 모래가 섞인 땅은 산기슭까지 넓게 펼쳐져 있고, 때로는 순전히 진흙뿐인 곳도 있다. 풍성한 식물이 땅을 뒤덮어 한 치의 틈도 없이 짙푸른 녹색 평원이 포 강의 모래밭에까지 넓게 펼쳐진다. 양귀비 꽃들과 뒤엉킨 포도나무들이 나란히 늘어서 있고, 무성한 뽕나무 언덕들에 둘러싸인 풍요로운 수확의 들판은 땅의 비옥함을 자랑한다…….

밀, 옥수수, 풍성한 포도, 누에고치, 삼베, 토끼풀 등이 주요 생산물이다. 그곳엔 온갖 종류의 초목들이 자란다. 한때는 떡갈나무들이 무성하고 온갖 과일들이 나기도 했다. 강변에는 버들가지들이 빽빽하게 자라나 있다. 옛날에는 강변을 따라 지금보다 더 짙푸른 포플러 숲이 펼쳐져 있었다. 그 사이의 여기저기에는 오리나

무와 수양버들이 늘어서거나, 또는 향기로운 인동덩굴이 나무 위로 기어올라가 울긋불긋한 작은 종처럼 뾰족한 탑이나 오두막집 모양을 이루면서 시원한 그늘을 드리우곤 한다.

그곳에는 소, 돼지, 닭들이 많다. 때로는 담비나 족제비가 닭을 잡아먹기도 한다. 사냥꾼은 여우의 먹이가 되기도 하는 산토끼들을 적잖이 발견할 수 있다. 때로는 메추라기, 산비둘기, 회색 깃털의 까투리, 주둥이로 재빠르게 땅을 후벼 파는 도요새, 그리고 지나가는 다른 새들이 하늘을 가로지르기도 한다. 머리를 들어 보면 재빠른 찌르레기 무리와 겨울에 포 강으로 날아오는 물오리 떼를 볼 수가 있다. 새하얀 갈매기는 주의 깊게 날개를 번득이다가 쏜살같이 물속으로 곤두박질하여 물고기를 쪼아 올린다. 갈대 숲 사이에는 울긋불긋한 물총새, 참새, 물오리 새끼, 영리한 검둥오리가 숨어 있다. 강에서는 피리새가 지저귀는 소리가 들리고, 왜가리, 물떼새, 댕기물떼새 등의 물새들을 볼 수 있다. 병아리를 품은 암탉이 두려워하는 매와 말똥가리가 하늘을 맴돌고 밤에는 올빼미가 조용히 날아다닌다. 때로는 알프스 산맥에서 포 강으로 불어오는 바람을 따라 다른 지방의 커다란 새들이 날아와 잡히기도 한다. 그 후미진 곳에는 모기들이 극성이다('진흙 투성이의 웅덩이에서는/개구리들이 옛 노래를 부른다'). 그러나 달 밝은 여름 밤이면 매혹적인 나이팅게일이 부드러운 소리로 우주의 조화를 노래한다. 아마 그런 조화 속에서도 인간들의 자유로운 마음이 부드러

워지지 않음을 슬퍼하는 것이리라.

물고기가 많은 강에는 돌잉어, 잉어, 탐욕스러운 창꼬치고기, 은빛 잉어, 붉은 지느러미가 달린 맛좋은 농어, 미끈미끈한 뱀장어들이 비늘을 번득거린다. 조그마한 칠성장어들이 귀찮아서 커다란 철갑상어들은 강물을 거슬러 올라가기도 하는데, 때로는 한 마리의 무게가 156킬로그램 이상 되기도 한다.

……강기슭에는 한때 번창했다가 거의 대부분 물결에 휩쓸려 가버린 스타뇨 마을의 잔재들이 남아 있고, 타로 근처의 스티로네까지 이어지는 쪽에는, 널찍하고 양지바른 폰 타넬레 마을이 서 있다. 지방 도로가 포 강의 강변과 마주치는 곳에는 라갓촐라 부락이 있고, 땅이 비스듬히 낮아지는 동쪽으로는 작은 마을 폿사가 자리잡고 있다. 리고사 시냇물이 타로로 흘러가는 데서 멀지 않은 곳에는 인적 없는 외딴 마을 리고사가 포플러와 다른 나무들 사이에 초라하게 웅크리고 있다. 이 푸르른 마을들 사이에서 록카비앙카 마을은…….

공증인 프란체스코 루이지 캄파리의 이 글을 읽을 때마다, 내가 그 동화 속의 주인공이 되는 것 같다. 왜냐하면 나 자신이 "널찍하고 양지바른" 마을에 태어났기 때문이다.

하지만 이곳이 '조그마한 세상'은 아니다. '조그마한 세상'은 어느 고정된 장소에 있지 않다. '조그마한 세상'은 페포네나 스밀초

같은 사람들과 함께 강을 따라 오르내리거나, 포 강과 압펜니니 산맥 사이의 평야에서 이리저리 움직이는 자그마한 검은 점이다. 이와 같은 마을에서는 길가에 멈추어 서서 옥수수와 삼밭 속에 웅크린 초가집만 바라보아도 곧바로 이야깃거리가 생기게 된다.

첫 번째 이야기

나는 밧사에 있는 보스캇치오에서 어머니와 아버지, 열한 명의 형제와 함께 살았다. 나는 큰아들이었다. 내가 겨우 열두 살이었고 막내동생 키코는 갓 두 살이 되었다. 우리 어머니는 매일 아침 빵 한 바구니와 맛있는 사과나 밤 한 자루를 우리에게 주시곤 했다. 그러면 아버지는 우리를 마당에 나란히 세우고는 큰 소리로 주기도문을 외우도록 시키셨다. 그러고 나면 우리는 하느님과 함께 하루종일 돌아다니다가 저녁 무렵에야 돌아왔다.

우리 밭은 끝없이 넓었다. 하루종일 달려도 끝에 닿을 수 없을 정도였다. 우리가 새싹이 돋아 오른 밀밭 세 마지기를 온통 짓밟거나 포도나무들을 뽑아버린다 해도 아버지는 한마디도 나무라지 않으셨을 것이다. 그런데도 우리는 언제나 우리 밭을 넘어가 여러 가지 일을 저지르곤 했다. 이제 겨우 두 살에다 작고 발그스레한 입술, 눈썹이 기다란 커다란 눈, 천사처럼 고수머리를 이마에 드리운 막내동생 키코마저도 손에 잡히는 오리를 그대로 놔두는 법이 없었다.

매일 아침 우리가 집을 나서자마자 마을 아주머니들이 죽은 오리와 닭, 병아리들이 가득 찬 광주리를 들고 우리 농장으로 왔다. 그러면 어머니는 죽은 것을 산 것으로 바꾸어주셨다.

어머니는 머리를 흔들면서 계속하여 죽은 오리와 산 오리를 바꾸어주셨다. 아버지는 침울한 표정으로 기다란 콧수염을 꿈틀거리곤 하셨다. 그러다가 갑자기 아주머니들에게 열두 녀석들 가운데 누가 그랬는지 물어보셨다.

누군가 막내둥이 키코였다고 말하면 아버지는 세 번이고 네 번이고 같은 이야기를 반복시키셨다. 어떻게 돌멩이를 던졌느냐, 돌이 크더냐, 한 번에 오리를 맞히더냐 하는 따위의 물음이었다.

이러한 일들을 나는 나중에야 알았다. 당시에는 전혀 생각지도 못했다. 한번은 이런 일도 있었다. 막내둥이 키코가 듬성듬성한 풀밭 가운데를 멍청하게 지나가던 오리를 돌로 맞혔고, 나는 다른 열 명의 형제들과 함께 덤불 뒤에 웅크리고 앉아 있었다. 그때 스무 걸음 정도 떨어진 곳의 커다란 느릅나무 그늘에서 아버지가 파이프 담배를 피우면서 서 계시는 걸 보았다.

키코가 오리를 간단히 해치우자 아버지는 호주머니에 손을 넣고 말없이 가버리셨다. 나와 형제들은 착한 하느님께 감사를 드렸다.

"아무것도 눈치채지 못하셨어."

나는 동생들에게 속삭였다. 하지만 우리 아버지가 하루종일 몰래 우릴 뒤를 밟으면서 키코가 어떻게 오리를 해치우는지 보려고 하셨다는 것을 당시에는 전혀 깨닫지 못했다.

내 고향 보스캇치오에서는 사람이 절대로 죽지 않는다는 이야기를 해야겠다. 그곳에서 호흡하는 이상한 공기 때문이다.

따라서 보스캇치오에서는 두 살짜리 아이가 병이 난다는 것은 생각할 수조차 없었다.

그런데도 키코가 심하게 병이 들었다. 어느 날 저녁 우리가 막 집으로 돌아가려고 하는데 키코가 갑자기 땅바닥에 길게 뻗으면서 울기 시작했다. 그러다가 울음을 그치더니 잠이 들었다. 키코가 좀처럼 깨어나지 않아서 내가 팔로 안아보았다.

키코의 몸이 불덩어리처럼 뜨거웠다. 우리는 갑자기 겁이 났다. 해는 뉘엿뉘엿 넘어가고 검붉은 하늘과 함께 기다랗게 그림자가 드리웠다. 우리는 무언가 무섭고 신비로운 것이 우리 뒤를 쫓아오는 것처럼 키코를 풀밭에 내버려둔 채 울고불고 소리치며 달아났다.

"키코가 자는데 몸이 불덩이 같아요······. 키코 이마가 완전 불덩어리예요!"

나는 아버지 앞에 서자마자 훌쩍거리며 울었다.

지금도 그때의 광경이 눈앞에 선하다. 아버지는 벽에서 2연발 엽총을 내리더니 장전을 한 뒤 옆구리에 끼고 아무 말 없이 우리 뒤를 따라오셨다. 우리는 아버지 곁에 바싹 붙어 걸어갔다. 이제 아무것도 두렵지 않았다. 아버지는 80미터 떨어진 곳에서도 토끼를 쏘아 맞힐 수 있었기 때문이다.

키코는 어두운 풀밭에 버려진 채 누워 있었다. 하얀 옷을 입고 고수머리를 이마에 늘어뜨린 모습은 날개를 다쳐 토끼 풀밭에 떨어진 착한 하느님의 천사 같았다.

보스캇치오에서는 아무도 죽은 적이 없었다. 그래서 키코가 아프다는 것을 알았을 때 사람들은 모두 엄청나게 당황했다. 집 안에서도 나지막하게 소곤거리기만 했다. 마을 전체에 이상한 이방인이 찾아온 것 같았다. 혹시라도 달빛이 환한 마당에서 손에 낫을 들고 검은 옷을 입은 마귀 할멈을 보게 될까 봐 사람들은 밤이 되면 창문을 열지 못했다. 우리 아버지는 마차를 보내 유명한 의사 서너 명을 불러왔다. 의사들은 모두 키코를 만져보고, 등에 귀를 대고 들어본 후에 아무 말 없이 아버지를 쳐다보았다.

키코는 계속 잠 속에 빠져 있었고 불덩이처럼 뜨거웠다. 얼굴은 백지장처럼 새하얗게 되었다. 어머니는 우리와 함께 눈물을 흘리셨고 아무것도 먹지 않으셨다. 아버지는 계속해서 서성이며 아무 말 없이 콧수염을 꿈틀거리실 뿐이었다.

나흘째 되는 날, 함께 왔던 의사들 세 명은 손을 털고 일어서서 아버지에게 말했다.

"이제 당신의 아이를 구해줄 분은 하느님밖에 없습니다."

그때가 아침이었던 것으로 기억난다. 아버지는 머리를 끄덕이며 신호를 보냈고 우리는 마당으로 따라나갔다. 그러고는 휘파람을 불어 가족들을 모두 불러냈다. 남자, 여자, 어린애 모두 합해 예순 명은 되었다.

우리 아버지는 키가 크고 말랐지만 힘이 셌다. 기다란 콧수염에다 커다란 모자를 쓰고, 짧고 꼭 끼는 조끼와 허벅지가 꽉 조이는 바지를 입고, 기다란 장화를 신고 계셨다. (젊었을 때 아버지는 미국에 간 적이 있어서 미국식으로 옷을 입으셨다.) 다리를 쩍 벌리고 우뚝 서 있으면 누구라도 겁을 먹었다. 아버지는 가족들 앞에서 두 다리를 쩍 벌리고 서서 말씀하셨다.

"하느님만이 키코를 살릴 수 있다. 모두 무릎을 꿇어라. 키코를 살려달라고 하느님께 기도해야 한다."

우리는 모두 무릎을 꿇고 커다란 목소리로 하느님께 기도를 했다. 여자들이 돌아가면서 뭐라고 기도를 하면 남자들과 우리 어린애들은 "아멘" 하고 응답을 했다.

아버지는 팔짱을 낀 채 저녁 7시까지 우리 앞에 동상처럼 우뚝 서 계셨다. 우리는 모두 기도를 했다. 키코가 낫기를 바랐고 또 우리 아버지가 무서웠기 때문이었다.

저녁 7시, 해가 뉘엿뉘엿 넘어갈 무렵 어떤 여자가 아버지를 불렀다. 나도 아버지를 따라 들어갔다.

세 의사는 키코의 침대 곁에 창백한 얼굴로 둘러앉아 있었다.

"더 악화되고 있어요."

가장 나이 많은 의사가 말했다.

"오늘 밤을 넘기기 어렵습니다."

아버지는 아무 말이 없으셨다. 하지만 아버지의 손이 내 손을 꽉 움켜쥐는 것을 느꼈다.

우리는 집을 나섰다. 아버지는 엽총을 꺼내 총알을 재더니 커다란 자루를 꺼내 나에게 넘겨주셨다.

"가자."

아버지가 말씀하셨다.

우리는 들판을 가로질러 걸었다. 해는 멀리 숲 속으로 숨어버렸다. 우리는 어느 정원의 낮은 담장을 뛰어넘어 문을 두드렸다.

신부님은 집에 혼자 계셨다. 등잔불 옆에서 저녁을 드시던 참이었다. 아버지는 모자도 벗지 않고 안으로 들어갔다.

"신부님."

아버지가 말씀하셨다.

"키코가 병이 들었는데 하느님만이 구할 수 있습니다. 오늘 예순 명의 사람들이 열두 시간 동안 하느님께 기도를 했습니다. 그런데도 키코는 더 악화되어 내일 아침을 맞기 어렵게 되었습니다."

신부님은 당황한 눈으로 아버지를 바라보셨다.

"신부님."

아버지가 계속해서 말씀하셨다.

"신부님은 하느님과 이야기를 할 수 있으니 일이 어떻게 되었는지 하느님께 잘 설명해주십시오. 키코가 낫지 않으면 내가 모든 걸 공중으로 날려버린다고 말해주십시오. 이 자루 안에는 다이너마이트가 5킬로그램이나 들어 있습니다. 교회 전체가 돌멩이 하나 남아 있지 않을 것이오. 자, 갑시다!"

신부님은 한마디도 하지 못하셨다. 아버지를 따라 교회 안으로 들어가셨다. 그리고 제단 앞에 무릎을 꿇고는 두 손을 마주 잡으셨다.

아버지는 엽총을 옆구리에 끼고 다리를 쩍 벌린 채 교회 한가운데에 바윗덩어리처럼 우뚝 서 계셨다. 제단 위에 촛불 하나가 타고 있을 뿐 모두가 어둠에 잠겨 있었다.

자정 무렵 아버지는 나를 부르셨다.

"가서 키코가 어떤지 보고 곧바로 돌아와라."

나는 날 듯이 들판을 가로질러 숨을 헐떡이며 집으로 달렸다. 그리고는 더욱더 빠르게 교회로 돌아왔다.

아버지는 여전히 엽총을 옆구리에 낀 채 다리를 쩍 벌리고 거기에 꼼짝 않고 서 계셨다. 신부님은 제단의 계단 위에서 웅얼웅얼 기도하고 계셨다.

"아빠."

나는 숨을 헐떡이며 소리쳤다.

"키코가 나아졌어요! 의사 선생님이 위험한 고비는 넘겼대요! 기적이래요! 모두들 웃으면서 기뻐하고 있어요!"

신부님이 일어나셨다. 온통 땀에 젖었고 얼굴은 핼쑥했다.

"좋아."

아버지가 퉁명스럽게 말씀하셨다.

그러고는 신부님이 입을 벌리고 멍하니 바라보는 동안 주머니에서 천 리라짜리 지폐를 한 장 꺼내더니 연보 상자 안으로 밀어 넣었다.

"나는 감사의 대가는 지불합니다."

아버지가 말씀하셨다.

"안녕히 계십시오."

아버지는 이 사건을 절대로 자랑하지 않으셨다. 그런데도 보스캇치오에는 지금까지 그때 하느님께서 겁을 먹었다고 말하는 무례한 사람들이 있다.

밧사는 이러한 곳이다. 아이들에게 영세를 하지 않는 사람들이 있고, 기도를 하지 않았다고 욕하는 게 아니라 하느님을 존경한다고 욕하는 사람들도 있는 곳이다. 도시로부터 40킬로미터 정도밖에 떨어져 있지 않은 곳이다. 그러나 울타리 너머나 길이 굽어진 곳 너머도 보이지 않는, 강둑에 가로막힌 이 들판에서는 1킬로미터가 10킬로미터 정도에 해당한다. 그래서 도시는 바로 다른 세상의 이야기다.

또 다른 이야기가 생각난다.

두 번째 이야기

보스캇치오에는 이따금씩 도시 사람들이 나타나곤 했다. 기술자나 벽돌공들이었다. 그들은 강으로 가서 철교의 커다란 나사들을 조이거나 개간지의 수로에 가서 수문의 벽에 시멘트를 바르곤 했다.

그들은 밀짚모자나 한쪽이 찌그러진 베레모를 쓰고 다녔다. 니타의 주막집 앞에 앉아서 시금치를 곁들인 고기, 맥주를 시키곤 했다.

보스캇치오는 사람들이 자기 집에서 식사를 하는 고장이었다. 주막은 시골 포도주를 마시거나, 공놀이를 하거나, 욕을 하기 위해서만 가는 곳이었다.

"포도주와 돼지 기름 수프, 양파를 곁들인 달걀밖에 없어요."

니타는 문으로 얼굴을 내밀면서 대답하곤 했다. 그러면 그 사람들은 밀짚모자와 베레모를 뒤로 던져놓고는 니타가 이곳저곳 예쁘다느니 소리를 지르기 시작했다. 또 커다란 주먹으로 탁자를 치면서 오리 새끼들처럼 떠들어대곤 했다.

도시에서 온 사람들은 아무것도 몰랐다. 들판을 돌아다닐 때면 옥수수밭의 암퇘지들처럼 시끌벅적하게 떠들어댔다. 도시에서 온 사람들은 자기 집에서는 말고기를 먹었다. 그러고는 기껏해야 사발에다 포도주나 마실 수 있는 보스캇치오에 와서 맥주를 시키거나, 또는 우리 아버지처럼 350마리의 가축과 열두 명의 아들, 1천 500마지기의 땅을 가진 사람들을 무례하게 대하곤 했다.

그런데 이제는 바뀌었다. 지금은 시골에도 베레모를 한쪽으로 삐뚜름히 쓰고 다니고, 말고기를 먹고, 사람이 많은 데서 주막집 아가씨들에게 여기가 예쁘네 저기가 예쁘네 소리를 지르는 사람들이 있기 때문이다. 전화와 철도가 시골에도 많은 영향을 끼쳤다. 하지만 당시에는 완전히 달랐다. 그래서 도시 사람들이 보스캇치오에 오면 집에서 나갈 경우 엽총에 산탄이나 실탄을 장전하여 들고 나가는 때도 있었다.

보스캇치오는 그렇게 축복받은 마을이었다.

언젠가 마당의 나무 그루터기에 앉아 우리 아버지가 뾰족한 호미를 써서 포플러나무로 밑을 퍼올리는 가래를 만드시는 모습을 바라보고 있을 때 키코가 달려왔다.

"우! 우!"

두 살배기 키코가 말했다. 키코는 긴 이야기는 하지 못했다. 우리 아버지가 어떻게 키코가 중얼거리는 말을 알아차리셨는지 나는 이해할 수가 없다.

"외지 사람이나 어떤 동물이 있는 모양이다."

아버지가 말씀하셨다. 그러고는 엽총을 가져오라고 하시더니 키코의 뒤를 따라 첫 번째 물푸레나무 앞의 풀밭으로 가셨다.

도시놈들 여섯 명이 있었다. 그들은 삼각 받침대와 희고 붉은 줄이 쳐진 막대기들을 가지고 토끼풀들을 마구 짓밟으면서 무언가 재고 있었다.

"뭐 하는 거요?"

아버지가 희고 붉은 막대기 하나를 들고 가까이에 있던 사람에게 물으셨다.

"우리 일을 하는 거요."

그 도시 멍청이가 고개도 돌리지 않고 말했다.

"간섭하지 말고 당신 할 일이나 하슈."

"거기 좀 비켜요!"

토끼풀밭 한가운데서 받침대 주위에 서 있던 다른 녀석들이 소리쳤다.

"꺼져!"

아버지는 그 여섯 멍청이들을 향해 엽총을 겨누면서 말씀하셨다.

도시 멍청이들은 달구지길 가운데에 포플러나무처럼 우뚝 선 아버지를 보고는 작업 도구를 들고 토끼들마냥 달아나버렸다.

저녁 무렵 마당의 그루터기 주위에 앉아 아버지가 가래에 마지막 손질을 하시는 모습을 바라보고 있을 때에 도시 녀석들 여섯 명이 다시 돌아왔다. 갓촐라 역에까지 가서 순경 두 명을 끌고 왔다.

"바로 저 사람이오."

여섯 멍청이들 중 하나가 아버지를 가리키며 말했다.

우리 아버지는 고개도 들지 않고 호미질을 계속 하셨다. 순경 하나가 어떤 일이 있었는지 모르겠다고 말했다.

"외지 사람 여섯 명이 내 토끼풀밭을 망치는 걸 보았소. 그래서 내 땅에서 쫓아낸 거요."

아버지가 설명하셨다.

순경은 그들이 토목 기사와 조수들인데 증기 기차의 철도를 위해 측량을 하러 왔다고 말했다.

"그렇다면 말을 했어야지요. 우리 집 안으로 들어오는 사람은 허락을 얻어야 하오."

아버지는 일 하시던 것을 만족스럽게 바라보며 말씀하셨다.

"그리고 내 땅으로는 절대 기차가 지나갈 수 없소."

"기차가 지나가면 편해질 거란 말이오."

토목 기사가 웃으며 말했다. 하지만 아버지는 가래의 한쪽이 불룩 튀어나온 것을 보고 그것을 깎아내느라고 여념이 없으셨다.

순경은 토목 기사와 조수들을 지나가게 해야 한다고 말했다.

"그건 행정적인 일이오."

순경이 결론을 내렸다.

"정부의 도장이 찍힌 서류를 가져오면 저 사람들을 지나가게 하겠소."

아버지가 퉁명스럽게 말씀하셨다.

"나도 내 권리는 알고 있소."

순경은 아버지 말이 옳다고 인정했다. 그리고 토목 기사가 도장이 찍힌 서류를 가져올 것이라고 말했다.

도시의 토목 기사와 다섯 조수는 다음날 다시 왔다. 그들은 밀짚모자를 뒤통수에 걸치거나 베레모를 귀에 걸친 모습으로 마당으로 들어왔다.

"여기 서류가 있소."

토목 기사가 종이 한 장을 아버지에게 건네면서 말했다.

아버지는 종이를 들고 집 쪽으로 가셨다. 우리 모두 뒤를 따랐다.

"천천히 읽어보아라."

부엌으로 들어서자 아버지가 나에게 말했다. 나는 읽고 또 읽었다.

"가서 지나가도 좋다고 말해라."

마침내 아버지가 침울하게 결론을 내리셨다.

다시 집 안으로 돌아온 나는 형제들과 함께 아버지를 따라 다락

방으로 올라갔다. 우리는 들판이 보이는 둥근 창문 앞으로 갔다.

도시의 여섯 멍청이들은 노래를 흥얼거리면서 달구지길을 따라 물푸레나무가 있는 곳까지 걸어갔다. 갑자기 그들이 화가 난 듯했다. 한 녀석이 우리 집을 향해 달려오려고 했고 다른 녀석들이 그를 말렸다.

오늘날에도 역시 도시 사람들은 항상 그렇게 행동한다. 누군가에게로 달려가 덮치려 하고 다른 사람들이 말리곤 한다.

그들은 얼마 동안 달구지길에서 토론을 했다. 그러더니 신발과 양말을 벗고 바지를 걷어올리고는 마침내 토끼풀밭으로 깡충깡충 뛰어들어갔다.

그것은 자정부터 새벽 5시까지의 힘든 작업이었다. 여든 마리의 황소가 끄는 깊이갈이 쟁기 네 대로 토끼풀밭을 완전히 갈아엎었다. 그런 다음 웅덩이들을 열어 쟁기로 간 땅에 물을 대야만 했다. 마지막으로 마구간의 오물 구덩이에서 오물 열 통을 날라다 물속에 부어 넣어야 했다.

아버지는 우리와 함께 다락방의 창문 곁에서 정오까지 도시 사람들이 돌아다니는 것을 구경했다.

여섯 멍청이 중의 누군가가 비틀거릴 때마다 키코는 새처럼 비명을 지르며 좋아했다. 식사가 준비되었다고 말해주러 올라온 어머니도 만족해하셨다.

"키코가 좋아하는 것 좀 보아요. 오늘 아침부터 생기를 되찾았어요. 불쌍한 막내둥이가 즐거운 놀이 거리가 없었던 모양이에요. 어젯밤 당신 머리에 이 멋진 생각을 하게 해주신 하느님께 감사드리고 싶어요."

어머니께서 말씀하셨다.

저녁 무렵 여섯 명의 도시 사람들이 다시 왔다. 이번에는 어디서 데려왔는지는 모르지만 검은 옷을 입은 신사와 순경들을 데리고 왔다.

"이 사람들은 당신이 작업을 방해하려고 들판에 물을 댔다고 주장하고 있습니다."

검은 옷을 입은 신사가 말했다. 아버지가 앉은 채 쳐다보지도 않아서 화가 난 표정이었다.

아버지는 휘파람을 부셨다. 그러자 마당으로 우리 가족 모두가 모였고 남자, 여자, 어린이 모두 합하여 예순 명은 되었다.

"이 사람들은 내가 어젯밤에 물푸레나무가 있는 들판에 물을 댔다고 하는군요."

아버지가 설명하셨다.

"들판에 물을 댄 것이 벌써 스무닷새째요."

노인 한 분이 주장하셨다.

"스무닷새째라구요."

남자, 여자, 어린이 할 것 없이 모두들 대답했다.

"아마 두 번째 물푸레나무 근처의 토끼풀밭과 혼동을 한 모양이군요."

소 몰이꾼이 말했다.

"여기 살지 않는 사람은 혼동하기 쉽지요."

그들은 모두 분노를 씹으며 돌아갔다.

다음날 아침 아버지는 마차에 말을 매시더니 도시로 가셨다. 거기 사흘 동안 머무르셨다. 그러고는 아주 침울한 표정으로 돌아오셨다.

"저기로 철도가 지나가야만 한대. 다른 방도가 없어."

어머니에게 설명하셨다.

다른 도시 사람들이 왔다. 그들은 이미 말라버린 고랑 사이에다 나무 말뚝을 박기 시작했다. 철도는 토끼풀밭을 온통 가로질러 지난 다음 도로와 나란하게 갓촐라 역까지 이어질 예정이었다.

증기 기차가 도시에서 갓촐라 역까지 오게 될 것이다. 그건 아주 편리한 일이었다. 하지만 우리 아버지의 땅을 가로질러 간다. 더군다나 강제로 지나갈 것이다. 바로 그것이 큰 문제였다. 만일 아버지께 정중하게 요청을 했다면 아버지는 돈 한 푼 요구하지 않고도 땅을 내주었을 것이다. 아버지는 결코 진보를 반대하시는 분은 아니었다.

보스캇치오에서 사냥개와 함께 최신식 2연발 엽총을 제일 먼저 사신 분이 바로 아버지가 아니었던가?

그런데 세상에 그럴 수가!

지방 도로를 따라 도시 사람들이 기다랗게 늘어서서 자갈을 깔고 침목들을 묻고, 철로의 나사를 조였다. 조금씩 조금씩 철도는 길어졌고, 작업 공구들이 담긴 화차를 끌고 기관차가 앞으로 나아갔다. 밤이 되면 사람들은 기관차 뒤에 매달린 화차칸에서 잠을 잤다.

이제 철도는 토끼풀밭에까지 다가왔다. 어느 날 아침 사람들은 생울타리 한쪽을 무너뜨리기 시작했다. 나와 아버지는 물푸레나무 발치에 앉아 있었다. 곁에는 아버지가 가족처럼 사랑하시는 개 그링고도 있었다. 삽으로 생울타리를 파헤치자 그링고는 도로로 뛰어들었다. 사람들은 아카시아 나무들의 터진 틈 사이로 달려나온 그링고의 위협적인 이빨과 마주치게 되었다.

멍청이 하나가 앞으로 한 발자국 나서자 그링고는 그의 목덜미로 덤벼들었다.

그들은 모두 서른 명 정도였고 삽과 곡괭이를 들고 있었다. 우리는 물푸레나무 뒤에 있었기 때문에 우리를 보지는 못했다.

토목 기사가 몽둥이를 들고 앞으로 나섰다.

"꺼져, 이 개새끼야!"

그가 소리쳤다. 하지만 그링고는 장딴지를 물어뜯었고 토목 기사는 비명을 지르며 쓰러졌다.

다른 사람들이 우르르 삽을 들고 달려들었다. 그링고는 물러서지 않았다. 피를 흘리면서도 계속해서 장딴지와 손을 물어뜯었다.

아버지는 콧수염을 깨무셨다. 죽은 사람처럼 창백하고, 땀을 흘리셨다. 아버지가 휘파람을 부셨다면 그링고는 곧바로 돌아왔을 것이고 목숨은 구했을 것이다. 아버지는 휘파람을 불지 않으셨다. 죽은 사람처럼 창백하게 이마에 가득히 땀방울이 맺힌 채, 흐느끼는 내 손을 꽉 움켜잡으면서 계속해서 바라보고만 계셨다.

물푸레나무에는 2연발 엽총을 기대어 두었지만 그냥 그대로 있었다.

그링고는 이제 완전 기진맥진했고 오로지 자기 영혼과 싸우고 있었다. 한 사람이 삽날로 머리통을 으스러뜨렸다.

다른 한 사람이 곡괭이로 땅에 못을 박아버렸다. 그링고는 마지막 신음을 내뱉고 쭉 뻗어버렸다.

그때서야 아버지는 일어나셨다. 엽총을 옆구리에 끼고는 천천히 도시놈들 쪽으로 가셨다.

날카로운 콧수염에다 널찍한 모자를 쓰고, 장화와 허벅지가 꼭 끼는 바지, 짧은 조끼를 입은 아버지가 포플러나무처럼 우뚝 앞에 서 있는 것을 보자 그들은 모두 뒤로 한 걸음 물러섰다. 각자 연장의 손잡이를 꽉 움켜쥔 채 말없이 쳐다보기만 했다.

아버지께서는 그링고 곁으로 다가가셨다. 몸을 숙여 개목걸이를 움켜쥐시더니 누더기처럼 질질 끌고 오셨다.

우리는 그링고를 제방 발치에 묻었다. 내가 땅을 단단히 밟고 나자 모든 것이 처음처럼 돌아갔다. 아버지는 모자를 벗어 드셨다.

나도 역시 모자를 벗어 들었다.

기차는 갓출라까지 오지 못했다. 가을이었다. 강에 홍수가 나서 누런 황토물이 넘쳐 흘렀다. 어느 날 밤 제방이 터져 강물이 들판으로 넘쳐 흘렀고 농장의 낮은 지대가 모두 물에 잠겼다. 토끼풀밭과 도로는 온통 호수가 되었다.

그러자 작업이 중단되었다. 그리고 앞으로의 모든 위험에 대비하여 철도는 우리 집에서 8킬로미터 떨어진 보스캇치오에서 멈추게 되었다.

강물이 가라앉고 제방 터진 곳을 고치려고 사람들과 함께 가보았을 때 아버지는 내 손을 힘차게 움켜잡으셨다.

제방은 바로 그링고를 묻어놓은 그곳에서 터져 있었다.

개의 영혼이 그렇게 무서운 힘을 가졌다!

나는 이것이 밧사의 기적이라고 말하고 싶다.

공증인 프란체스코 루이지 캄파리가 묘사한 대로(그는 밧사를 진정으로 사랑하는 사람이지만, 만약 산비둘기가 그곳 짐승이 아니라면 절대로 산비둘기 한 마리라도 밧사에 포함시키지 않았을 것이다), 아주 엄격하게 사실적인 무대를 배경으로 한 신문 기자가 이야기를 펼치는 것이다.

공증인의 묘사가 완벽하게 사실인지 아니면 신문 기자가 꾸며낸 것인지는 알 수가 없다.

이것이 바로 '조그마한 세상'이다. 길고 곧은 길들이 나 있고, 빨강, 노랑, 먼 바다의 파랑색으로 색칠한 작은 집들이 포도밭들 사이에 흩어져 있다.

8월의 밤이면 제방 너머에서 몇 세기가 지난 듯한 크고 붉은 달이 천천히 솟아오른다. 한 사람이 전봇대에 자전거를 기대놓은 채 호숫가의 자갈 더미 위에 앉아 쌈지의 담배를 말고 있다. 당신이 지나가면 그 사람은 성냥 한 개비를 부탁할 것이다. 그러면 이야기하시오. 당신이 축제에 춤추러 간다고 말하면 그 사람은 머리를 흔들 것이오.

당신이 거긴 아름다운 아가씨들이 있다고 말하면 그 사람은 또다시 머리를 흔들 것이오.

세 번째 이야기

아가씨들이라고? 아니, 아가씨는 필요 없다. 술집에서 노래를 부르고 약간 흥청거리는 일이라면 난 언제나 찬성이다. 하지만 그 이상은 아니다. 나에겐 이미 내 소녀가 있다. 그녀는 팝브리코네의 길을 따라 늘어선 세 번째 전봇대에서 매일 저녁 나를 기다린다.

나는 열네 살이었고, 팝브리코네의 길을 따라 자전거를 타고 집으로 돌아오곤 했다. 서양자두나무 한 그루가 담장 너머로 가지를 늘어뜨리고 있었다. 어느 날 나는 자전거를 멈추었다.

한 소녀가 손에 바구니를 들고 들판에서 오고 있었다. 나는 그녀를 불렀다. 나보다 훨씬 키가 크고 몸매가 잘 잡힌 것으로 보아 분명 열아홉 살은 되었을 것이다.

"나 목마 좀 태워줘."

그녀에게 말했다.

소녀는 바구니를 내려놓았고 나는 그녀의 어깨 위로 올라섰다. 가지에는 자두가 넘치게 달려 있었고 나는 윗도리 가득히 노란 자두를 땄다.

"치마를 벌려. 절반으로 나누게."

내가 소녀에게 말했다.

소녀는 필요 없다고 대답했다.

"자두를 좋아하지 않니?"

내가 물었다.

"좋아해. 하지만 나는 언제든지 딸 수가 있어. 이 나무는 우리 거야. 난 저기서 살아."

그때 나는 열네 살이었고 짧은 바지를 입고 있었다. 그러나 나는 미장이 조수 일을 하고 있었고 아무도 두려워하지 않았다. 그녀는 나보다 훨씬 더 키가 컸고 처녀처럼 몸매가 잡혀 있었다.

"넌 사람을 놀리는구나."

33

나는 소녀를 노려보며 소리쳤다.
"하지만 이 못생긴 키다리야. 난 네 얼굴을 박살낼 수도 있어."
소녀는 숨조차 제대로 쉬지 못했다.
이틀 후 저녁 똑같은 길에서 그녀를 다시 만났다.
"안녕, 키다리!"
내가 소리쳤다. 그러고는 입 안 가득히 욕을 퍼부었다. 지금은 그렇게 할 수 없을 것이다. 그러나 그때는 나폴리에서 욕을 배운 미장이 십장보다 더 잘했다.
그 뒤 여러 번 소녀를 만났지만 나는 아무런 말도 하지 않았다. 어느 날 저녁 나는 더는 참지 못하고 자전거에서 뛰어내려 소녀의 길을 가로막았다.
"무엇 때문에 날 그렇게 바라보는지 알고 싶어."
나는 베레모의 챙을 한쪽으로 홱 젖히면서 물었다.
소녀는 물처럼 투명한 두 눈을 동그랗게 떴다. 내가 전혀 본 적이 없는 두 눈이었다.
"난 너를 보고 있지 않아."
소녀가 겁에 질려 대답했다.
나는 다시 자전거에 올라탔다.
"조심하라구, 키다리! 난 농담하는 게 아냐."
일주일 후에 소녀를 다시 보았는데 어떤 청년과 함께 내 앞에서 걸어가고 있었다. 화가 머리끝까지 치밀었다. 나는 자전거 페달 위에서 벌떡 일어서 미친 듯이 밟아댔다. 청년의 2미터쯤 뒤에서 속력을 늦추었고, 곁을 가까이 스쳐 지나면서 어깨로 힘껏 밀쳤다. 청년은 무화과 껍질처럼 땅바닥에 길게 널브러졌다.

뒤에서 나한테 갈보 새끼라고 욕하는 걸 들었다. 그래서 나는 자전거에서 내려 자전거를 자갈 더미 곁의 전봇대에 기대놓았다. 청년이 미친 듯이 나에게 달려왔다. 스무 살 정도의 청년이었고 날 한 주먹에 때려 눕힐 것 같았다. 하지만 나는 미장이 조수 일을 하고 있었고 아무도 두려워하지 않았다. 나는 때맞추어 돌멩이를 그 녀석의 얼굴에 정통으로 맞혔다.

우리 아버지는 특이한 기술자였다. 아버지가 멍키스패너를 손에 들고 있으면 온 동네가 다 도망갔다. 하지만 그런 우리 아버지도 내가 돌멩이 하나를 움켜쥐는 걸 보면 뒤로 물러서곤 했다. 그리고 날 때리기 위해서는 내가 잠들 때까지 기다려야 했다. 우리 아버지도 그러셨는데, 저런 멍청이 정도야! 그의 얼굴은 피범벅이 되었고 나는 훌쩍 자전거에 올라타 멀리 달아났다.

나는 이틀 동안 멀리 돌아서 다녔다. 그러다가 사흘째 되는 날 저녁 다시 팝브리코네의 길로 돌아왔다. 소녀를 보자 나는 바싹 뒤쫓아가 미국식으로 자전거 안장에서 뒤로 풀썩 뛰어내렸다.

요즈음 소년들이 자전거를 타는 걸 보면 웃음이 나올 지경이다. 흙받이, 종, 브레이크, 전기 헤드라이트, 변속기만 이용할 뿐 무엇을 한단 말인가? 나는 녹이 덕지덕지 슨 프레라 자전거를 갖고 있었지만 광장의 열여섯 계단을 내려가기 위해 절대로 내리지 않았다. 핸들을 꽉 움켜쥐고 번개처럼 달려 내려가곤 했다.

나는 자전거에서 내려 소녀 앞에 섰다. 핸들에 매달린 배낭에서 망치를 꺼내 들었다.

"다시 한번 다른 녀석과 함께 있는 걸 보면, 너와 그 녀석 대갈통을 바숴놓을 거야."

소녀는 미칠 정도로 물처럼 맑은 눈으로 날 쳐다보았다.

"왜 그런 말을 하지?"

소녀가 나지막한 목소리로 물었다.

그건 나도 몰랐다. 하지만 그게 무슨 소용이 있단 말인가?

"그래야 되니까 그래."

내가 대답했다.

"너는 혼자 다니든가 아니면 나하고만 다녀야 해."

"난 열아홉 살인데 넌 기껏해야 열네 살이야. 네가 최소한 열여덟만 되어도 문제는 달라. 난 이제 처녀가 되었지만 넌 아직 소년이야."

"그러면 내가 열여덟이 될 때까지 네가 기다리라구!"

내가 소리쳤다.

"다른 놈과 함께 다니지 않도록 조심해. 아니면 죽을 줄 알아!"

그때 나는 미장이 조수 일을 하고 있었고 아무것도 두려워하지 않았다. 사람들이 여자 이야기를 하면 나는 벌떡 일어나 가버리곤 했다. 여자란 나에게 썩은 무화과보다도 중요하지 않았다. 하지만 그 소녀만은 다른 녀석과 만나지 않아야 했다.

나는 거의 4년 동안 일요일만 빼고 매일 저녁 그 소녀를 만났다. 소녀는 언제나 팝브리코네의 길가 세 번째 전봇대에 기대어 서서 나를 기다렸다. 비가 올 때면 멋진 우산을 펼쳐 들고 있었다.

나는 단 한 번도 자전거를 멈추지 않았다.

"안녕" 내가 지나가면서 말하면, "안녕" 하고 소녀는 대답했다.

열여덟 살이 되던 날 나는 자전거에서 내렸다.

"이제 열여덟 살이 되었어."

내가 말했다.

"이제 나와 산책할 수 있어. 만약 어리석은 짓 하면 머리통을 까부술 거야."

그녀는 이제 스물세 살이었고 완전한 처녀가 되어 있었다. 그러면서도 여전히 물처럼 맑은 눈을 갖고 있었으며 여전히 나지막한 목소리로 말했다.

"넌 열여덟 살이 되었지만 나는 스물세 살이 됐어. 내가 너처럼 어린 애하고 함께 있는 걸 보면 청년들이 나한테 돌맹이를 던질 거야."

나는 자전거를 땅바닥에 내팽개치고 납작한 돌멩이 하나를 집어들고서 말했다.

"저기 세 번째 전봇대의 첫 번째 애자가 보이지?"

그녀는 고개를 끄덕였다.

나는 정통으로 맞추었고 그곳엔 벌레처럼 헐벗은 쇠고리만 남았다.

"돌멩이를 던지기 전에 청년들은 어떻게 던지는가를 배워야 한다구."

내가 소리쳤다.

"내가 말하는 것은."

소녀가 말했다.

"처녀가 어린 소년하고 돌아다니는 것은 좋지 않다는 거야. 최소한 네가 군대라도 마쳤다면……!"

나는 베레모의 챙을 왼쪽으로 휙 돌렸다.

"이봐, 혹시 날 멍청이로 보고 놀리는 것은 아니겠지? 군대를 마치면 난 스물한 살, 넌 스물여섯이 될 거야. 그때 가서 또 다른 이야기를 하겠지."

"아니야."

소녀가 대답했다.

"열여덟과 스물셋하고 스물하나와 스물여섯은 완전히 달라. 앞으로 나갈수록 나이 차이는 별로 중요해지지 않아. 남자가 스물한 살이거나 스물여섯 살이거나 그건 똑같은 거야."

그 말이 맞는 것 같았다. 나는 결코 속지 않는 사람이었다.

"그렇다면 내가 군대를 마쳤을 때 다시 이야기하자."

내가 자전거에 올라타면서 말했다.

"하지만 조심해. 내가 돌아와서 널 찾지 못하면 네 아버지 침대 밑에 숨어 있어도 네 대갈통을 부숴놓을 거야."

매일 저녁 그녀가 세 번째 전봇대 아래 서 있는 것을 보았다. 나는 절대 자전거에서 내리지 않았다. 내가 "안녕" 하고 말하면 그녀는 "안녕" 하고 대답했다. 소집 영장을 받았을 때 나는 그녀에게 소리쳤다.

"내일 군대 간다."

"그래 잘 가."

소녀는 대답했다.

지금 내 군대 생활을 모두 기억할 필요는 없을 것이다. 18개월의 군대 생활이었고 부대에서 나는 집에서처럼 지냈다. 3개월은 막사에서만 지냈다. 말하자면 매일 저녁 외출 금지이거나 부대 안에서만 지내야 했다.

18개월이 지나자 나는 곧바로 집으로 돌아왔다.

나는 오후 늦게 도착했다. 사복으로 갈아입지도 않은 채 자전거에 뛰어올라 팝브리코네의 길로 달렸다.

그녀가 또 다른 변명을 늘어놓았으면 나는 그녀의 등 위로 자전거를 타고 지나갔을 것이다.

날은 서서히 어두워졌고 나는 도대체 어디서 그녀를 찾아낼까 생각하며 미친 듯이 달렸다. 그런데 그렇게 찾을 필요가 없었다.

그녀는 정확하게 세 번째 전봇대에서 기다리고 있었다.

그녀는 헤어졌을 때와 똑같았다. 두 눈도 역시 똑같았다.

나는 그녀 앞에서 내려섰다.

"나 제대했어."

나는 제대증을 보이면서 말했다.

"이탈리아가 앉아 있는 도장이지. 이건 완전한 제대를 뜻하지. 그런데 이탈리아가 서 있는 도장이면 임시 제대가 되는 거야."

"정말 멋지구나."

그녀가 대답했다.

나는 너무 정신없이 달렸기 때문에 목이 말랐다.

"그전처럼 자두 몇 개 먹을 수 있을까?"

내가 물었다.

소녀는 한숨을 쉬었다.

"안됐지만 자두나무는 불탔어."

"불탔다고?"

나는 깜짝 놀랐다.

"자두나무가 불에 타다니 무슨 소리야?"

"여섯 달 전이었어. 어느 날 밤 헛간에 불이 나서 집과 마당의 나무들까지 모두 성냥개비처럼 타버렸어. 모두 타버렸지. 두 시간 후에는 벽밖에 남지 않았어. 저기 보이지?"

나는 그쪽을 바라보았다. 시커먼 벽이 보였고 창문 하나가 붉은 하늘을 향해 열려 있었을 뿐이었다.

"그래서 너는?"

내가 물었다.

"나도 역시."

그녀가 한숨을 쉬며 대답했다.

"나도 역시 나머지 것들과 마찬가지야. 한 줌의 재로 모두 끝나 버렸어."

나는 전봇대에 기대어 서 있는 그녀를 바라보았다. 나는 뚫어지게 그녀를 바라보았다. 그녀의 얼굴과 몸통을 통하여 전봇대의 나뭇결과 호숫가의 풀들이 보였다.

그녀의 이마에 손가락을 대자 전봇대가 만져졌다.

"내가 널 아프게 했니?"

내가 물었다.

"전혀 아프지 않아."

우리는 잠시 말없이 서 있었다. 하늘은 더욱더 어둡게 물들어 갔다.

"그래서?"

마침내 내가 말했다.

"널 기다렸어."

그녀가 한숨을 쉬었다.

"내 잘못이 절대 아니라는 걸 네게 보여주려고 말이야. 이제 가도 되겠니?"

그때 나는 스물한 살이었고 75밀리 박격포라도 가져왔을 것이다. 내가 지나갈 때면 아가씨들은 마치 장군의 사열이라도 하듯이 가슴을 앞으로 내밀고 나를 눈이 찢어져라 응시하곤 했다.

"그러면?"

소녀가 나지막한 목소리로 다시 말했다.

"이제는 가도 되겠니?"

"안 돼."

내가 대답했다.

"너는 내가 이 다른 일을 끝마칠 때까지 날 기다려야 해. 아름다운 아가씨야, 날 놀리면 안 돼."

"좋아."

소녀가 대답했다. 마치 미소를 짓는 것 같았다.

하지만 이렇게 어리석은 짓이 나에겐 중요하지 않았다. 나는 곧바로 자전거 위에 올라탔다.

이제 벌써 12년 동안이나 우리는 매일 저녁 만나곤 한다. 나는 지나가면서 절대로 자전거에서 내리지 않는다.

"안녕."

"안녕."

여러분 아시겠어요? 술집에서 노래를 부르고 약간 흥청거리는 일이라면 난 언제나 찬성이다. 하지만 그 이상은 아니다. 나에게는 이미 팝브리코네의 길가 세 번째 전봇대에서 매일 저녁 나를 기다리는 소녀가 있다.

어떤 사람이 말할 것이다. 이봐 친구, 왜 이런 이야기들을 해주는 거요?
대답하지요. 그건 사실이기 때문이오. 강과 산 사이에 있는 그 조그마한 땅덩어리에서는 다른 곳에서는 일어나지 않는 일들이 일어날 수 있음을 기억할 필요가 있기 때문이다. 이것들은 그곳 풍경과 잘 어울리는 일들이다. 그곳에는 산 사람에게나 죽은 사람에게 아주 좋은, 특수한 공기가 감돈다. 그곳에서는 개들도 영혼을 갖고 있다. 그렇다면 돈 카밀로와 페포네, 그리고 다른 사건들을 잘 이해할 수 있을 것이다. 그래야 예수님이 이야기를 하고 사람들이 진지하게, 말하자면 서로 미워하지 않으면서도 서로 치고받고 싸울 수 있음을 이해하게 될 것이다. 또한 두 사람의 적이 결국에는 본질적인 부분들에서는 서로 의견이 일치해도 놀랍지 않을 것이다.
왜냐하면 그곳에는 공기를 신선하게 해주는 강의 방대하고 영원한 호흡이 있기 때문이다. 장엄하고 잔잔한 강가의 제방 위로는 저녁 무렵 죽음이 자전거를 타고 쏜살같이 지나간다. 아니면 밤에 제방 위를 걸어갈 때 걸음을 멈추고 앉아 바로 제방 아래의 조그마한 무덤을 바라보라. 그리고 어떤 죽음의 그림자가 곁에 다가와 앉으면 놀라지 말고 그와 조용히 이야기를 나누어라.

이것이 바로 우리가 가볼 수 없는 그 조그마한 땅덩어리에서 살아 숨쉬는 공기다. 그렇다면 그곳에선 정치라는 것이 어떻게 바뀌는지 쉽게 이해할 수 있으리라.

이 이야기에서는 십자가에 못 박힌 예수 그리스도가 종종 이야기를 한다. 왜냐하면 주요 주인공은 신부인 돈 카밀로, 공산주의자 페포네, 그리고 예수님, 이렇게 셋이기 때문이다.

여기서 또 하나 밝혀둘 것이 있다. 돈 카밀로의 행동에 대해 기분이 나쁜 신부님들이 있다면, 내 머리통을 후려갈기며 야단을 쳐도 좋다. 페포네의 행동에 대해 기분이 상한 공산주의자들이 있다면, 내 등짝을 몽둥이로 후려갈기며 야단을 쳐도 좋다. 그러나 누군가 예수님의 대화 내용에 대해 기분 나쁜 사람이 있다면 어떻게 할 방도가 없다. 왜냐하면 내 이야기 중에서 말하는 예수님은 일반적인 그리스도가 아니라 "나의 예수님", 말하자면 "내" 양심의 목소리이기 때문이다.

모두가 내 개인적인 것이며, 내 마음속의 일들이다. 그러니까 개인은 스스로를 위해 존재하고, 하느님은 모두를 위해 존재하신다.

고해성사

돈 카밀로는 해야 할 말은 참지 못하는 사람이었다. 마을에서 늙은 부자들과 처녀들이 뒤섞인 추잡한 사건이 일어났을 때도 그랬다. 미사 때 돈 카밀로 신부는 점잖고 일반적인 설교로 시작했으나 어느 순간 바로 맨 앞줄에 그 늙은 부자 중 하나가 앉아 있는 것을 발견하고는 화가 머리끝까지 치밀었다. 그래서 설교를 중단하고 예수님이 듣지 못하도록 중앙 제단의 예수 십자가상 위에 보자기를 덮어 씌우고는, 두 주먹을 불끈 쥐고 허리에 대더니 자기 마음대로 설교를 해치워버렸다. 거대한 몸집을 가진 돈 카밀로의 입에서 튀어나오는 목소리가 얼마나 크고 우렁찼는지 작은 성당의 천장이 들썩거릴 지경이었다.

선거철이 다가왔을 때 돈 카밀로는 당연히 좌익 후보자에게 명백하게 반대 의사를 표시했다. 그래서 어느 날 저녁 사제관으로 돌아오던 도중 복면의 사내에게 기습을 당했다. 복면의 사내는 울타리에서 튀어나와 등 뒤에서 달려들었다. 돈 카밀로가 자전거를 타고 있고 자전거 손잡이에는 달걀 일흔 개를 담은 바구니가 매달렸다는 점을 이용하여 복면의 사내는 힘차게 몽둥이를 휘둘러 한 대 후려갈기고는 바람처럼 사라져버렸다.

돈 카밀로는 아무에게도 그 일에 대해 말하지 않았다. 사제관에 도착하여 달걀을 무사히 갖다 놓고 성당으로 갔다. 의혹이 들 때마다 그랬듯이 예수님께 의논을 드리기 위해서였다.

"어떻게 해야 할까요?"

돈 카밀로가 물었다.

"등에다 물에 탄 기름을 조금 발라둬라. 그리고 잊어버려라."

예수님이 제단 높은 곳에서 말씀하셨다.

"우릴 모욕하는 사람을 용서해야 한다. 그것이 율법이니라."

"맞습니다. 하지만 이건 모욕이 아니라 몽둥이로 맞은 겁니다."

돈 카밀로가 이의를 제기했다.

"그게 무슨 말이냐?"

예수님이 나직하게 속삭였다.

"육체에 가해진 모욕이 영혼에 가해진 모욕보다 더 고통스럽다는 말이냐?"

"알겠습니다, 예수님. 하지만 예수님의 종인 저를 몽둥이로 때

림으로써 바로 예수님을 모욕했다는 사실을 기억하시기 바랍니다. 예수님과 저 자신을 위해서 이렇게 말씀드리는 것입니다."

"그렇다면 나는 너 못지않게 하느님의 종이 아니란 말이냐? 그리고 나는 나를 십자가에다 못 박은 사람들을 용서하지 않았더냐?"

"예수님과는 논쟁을 할 수가 없군요."

돈 카밀로가 결론을 내렸다.

"예수님 말씀은 항상 옳습니다. 모두 예수님의 뜻대로 되시기를! 용서해주겠습니다. 하지만 그 녀석들이 제가 가만히 있다고 제 머리통까지 쪼갠다면 그건 예수님의 책임이라는 걸 기억해주십시오. 구약 성서의 구절 하나를 인용하자면……."

"돈 카밀로, 나에게 구약 성서를 가르칠 작정이냐? 나머지 일에 대해서는 내가 모든 책임을 지겠다. 그리고 우리끼리 얘기지만 네가 한 대 맞는 것도 괜찮느니라. 그래야 너도 우리 집에서 정치하는 방법을 배우게 될 테니까."

돈 카밀로는 용서했다. 그러나 단 한 가지, 목에 걸린 생선 가시처럼 남은 것이 있었다. 도대체 어느 누가 때렸을까 하는 궁금증이었다.

얼마 지난 후 늦은 저녁이었다. 고해실에 있던 돈 카밀로는 창살 너머로 극좌파의 우두머리 페포네의 얼굴을 보았다.

페포네가 고해성사를 하러 오다니 정말로 깜짝 놀랄 사건이었다. 돈 카밀로는 굉장히 기분이 좋았다.

"하느님의 은총이 형제와 함께하기를! 누구보다도 성스러운 축복이 필요한 그대와 함께하시기를! 고해성사를 하지 않은 지 정말 오래되었지?"

"1908년 이후 처음이오."

페포네가 대답했다.

"머릿속에 그 멋진 사실을 가지고 지난 48년 동안 저지른 죄들을 생각해보라."

"아, 예. 아주 많지요."

페포네가 한숨을 지었다.

"예를 들면?"

"예를 들면, 두 달 전에 몽둥이로 당신을 때렸지요."

"그건 커다란 죄요."

돈 카밀로가 말했다.

"하느님의 종인 나를 모욕함으로써 하느님을 모욕했으니까."

"그래서 후회를 했지요."

페포네가 말했다.

"그리고 나는 하느님의 종인 당신을 때린 것이 아니라 정치적 반대자로서 때린 것이었소. 내 마음이 약해진 순간이었소."

"그 일하고 또 그 악마 같은 정당에 가입한 일 이외에 다른 중

대한 죄는 없는가?"

페포네는 모든 걸 다 털어놓았다.

전체적으로 보잘것없는 것들이었다. 돈 카밀로는 주기도문과 아베 마리아를 스무 번이나 낭독하도록 하고 모든 죄를 씻어주었다. 그리고 페포네가 참회의 기도를 하기 위해 난간 앞에 꿇어앉아 있는 동안 돈 카밀로는 십자가상 아래로 가 무릎을 꿇었다.

"예수님, 용서해주십시오. 하지만 저 녀석을 한 대만 때리겠습니다."

돈 카밀로가 말했다.

"꿈에도 그런 생각은 마라."

예수님이 대답했다.

"내가 그를 용서했으니 너도 역시 용서해야 한다. 그도 원래는 착한 사람이니라."

"예수님, 빨갱이들을 믿지 마십시오. 모두 사기꾼들입니다. 저 녀석을 잘 보십시오. 도둑놈 바라바와 똑같은 얼굴을 하고 있지 않습니까?"

"모두와 똑같은 얼굴이 아니냐? 돈 카밀로, 네 가슴이 멍들었구나."

"예수님, 제가 예수님을 잘 섬겼다면 이번 한 번만 허락해주십시오. 최소한 저 촛대로 등짝을 한 대만 갈기도록 허락해주십시오. 예수님, 그저 저 촛대로만 말입니다."

"안 된다."

예수님이 대답했다.

"네 손은 축복을 내리라는 것이지 누굴 때리라는 것은 아니다."

돈 카밀로는 한숨을 쉬었다. 고개를 숙이고 기도실에서 나왔다. 다시 성호를 그리고 제단을 향해 몸을 돌렸다. 그러자 무릎을 꿇고 기도에 빠져 있는 페포네의 등 뒤에 서게 되었다.

"그러면 좋습니다."

돈 카밀로는 두 손을 모아 잡고 예수님을 바라보며 중얼거렸다.

"손은 축복을 내리라고 만들어졌지만, 발은 그렇지 않겠지요!"

"그것도 맞는 말이구나."

예수님이 제단 위에서 말했다.

"하지만 돈 카밀로, 부탁한다. 단 한 번이다!"

번개처럼 돈 카밀로의 발이 날았다. 페포네는 눈썹 하나 까딱하지 않고 맞더니 일어서서 안심한 듯 한숨을 쉬었다.

"10분 동안이나 이걸 기다렸소. 이제야 한결 가벼워진 기분이오."

"나도 그렇네."

돈 카밀로도 소리쳤다. 이제는 그의 마음도 맑은 하늘처럼 후련하고 상쾌했다.

예수님은 아무 말도 하지 않았다. 하지만 그분도 역시 기뻐하시는 것 같았다.

영세

남자 한 사람과 여자 두 사람이 불쑥 성당 안으로 들어왔다. 여자 중 하나는 빨갱이 우두머리인 페포네의 아내였다.

돈 카밀로는 사다리 위에서 성 요셉의 후광을 광택제로 닦다가 몸을 돌려 무슨 일로 왔느냐고 물었다.

"영세를 받을 일이 있습니다."

남자가 대답했다.

그러자 한 여자가 아기가 들어 있는 포대기를 들어 보였다.

"누가 낳은 아이지?"

돈 카밀로가 사다리에서 내려오면서 물었다.

"접니다."

페포네의 아내가 대답했다.

"당신 남편하고 낳은 아긴가요?"

돈 카밀로가 물었다.

"물론이죠! 그럼 누구하고 낳았단 말이에요? 신부님하고 말이에요?"

페포네의 아내가 차갑게 대꾸했다.

"그렇게 화낼 건 없어요."

돈 카밀로가 성구실로 향하면서 말했다.

"내가 알기로는, 당신네들 당에서는 자유 연애가 유행한다는 말을 하지 않았던가요?"

제단 앞을 지나면서 돈 카밀로는 무릎을 꿇고 십자가의 예수님께 한쪽 눈을 찡긋했다.

"예수님, 들으셨지요? 제가 저 무신론자들한테 한 방 멋지게 날렸지요."

"어리석은 소리 하지 마라, 돈 카밀로."

예수님이 냉랭하게 대답했다.

"저들이 무신론자였다면 아기에게 영세를 받게 하려고 여기에 오지도 않았겠지. 페포네의 아내가 네 따귀를 때렸어도 넌 할 말이 없을 것이다."

"페포네의 아내가 제 따귀를 때렸다면 저는 세 사람의 멱살을 한꺼번에 움켜잡고서······."

"움켜잡고서?"

예수님이 엄하게 물었다.

"아닙니다. 말하자면 그렇다는 것이지요."

돈 카밀로는 황급히 일어서며 대답했다.

"돈 카밀로, 정신차려야 한다."

예수님이 경고를 했다.

성복을 차려입은 돈 카밀로는 영세대로 다가갔다.

"아기 이름을 뭐라고 부르고 싶은가요?"

돈 카밀로가 페포네의 아내에게 물었다.

"레닌 리베로 안토니오."

페포네의 아내가 대답했다.

"그럼 소련에 가서 영세를 받으시오."

돈 카밀로는 침착하게 말하고는 영세대의 뚜껑을 다시 덮었다.

돈 카밀로의 손은 삽처럼 커다랗다. 세 사람은 숨조차 제대로 쉬지 못하고 가버렸다. 돈 카밀로는 성구실로 살짝 숨어버리려고 했지만 예수님의 목소리가 가로막았다.

"돈 카밀로, 정말로 커다란 잘못을 저질렀구나. 어서 가서 세 사람을 다시 불러 영세를 주거라."

"예수님."

돈 카밀로가 대답했다.

"영세는 결코 장난이 아니라는 걸 명심해야 할 필요가 있습니다. 영세는 성스러운 것입니다. 영세는……."

"돈 카밀로."

예수님이 가로막았다.

"네가 나에게 영세가 무엇인지 가르치려는 것이냐? 영세를 창안해낸 나에게 말이냐? 나는 네가 커다란 잘못을 저질렀다고 말하고 있는 거다. 지금 당장 저 아기가 죽어 천당에 들어갈 수 없게 된다면, 그건 바로 네 잘못이지 않느냐?"

"예수님, 너무 과장하지 마십시오."

돈 카밀로가 대꾸했다.

"저 아기가 왜 죽는단 말입니까? 아주 건강하고 장미처럼 붉기만 하던데요."

"그게 무슨 소리냐?"

예수님이 꾸짖었다.

"아기의 머리 위로 기왓장이 떨어질 수도 있고, 갑작스러운 발작이 일어날 수도 있다. 넌 아기에게 영세를 주어야 한다."

돈 카밀로는 두 팔을 벌렸다.

"예수님, 잠시만 생각해주십시오. 나중에 저 아이가 지옥에 가는 것이 확실하다면 그대로 놔둘 수도 있겠지요. 그렇지만 그 나쁜 악당의 아들이면서도 졸지에 천당에 들어갈 가능성도 분명히 있습니다. 그렇다면 제가 어찌 레닌이란 이름을 가진 자를 천당에 들어가도록 허락해준단 말입니까? 저는 천당의 명예를 위해서 이렇게 하는 것입니다."

"천당의 명예는 내가 생각할 일이다."

예수님이 냉랭하게 소리쳤다.

"나로서는 착한 사람이 되기를 바랄 뿐이다. 레닌이라고 부르건 단추라고 부르건, 나는 아무런 관심이 없다. 너로서는 기껏해야 저 사람들에게 이상한 이름을 아기들에게 지어놓으면 나중에 커서 곤란한 일이 생길지도 모른다고 말해줄 수 있을 뿐이다."

"알겠습니다."

돈 카밀로가 대답했다.

"저는 항상 잘못만 하는군요. 어떻게든 방법을 찾아보겠습니다."

그 순간 누군가 성당 안으로 들어왔다. 페포네 혼자서 아기를 손에 들고 있었다. 페포네는 문을 닫고 빗장을 걸어 잠갔다.

"내가 원하는 이름으로 내 아들이 영세를 받을 때까지 난 여기서 절대로 나가지 않을 거요."

"저기 왔습니다."

돈 카밀로는 예수님을 향해 미소를 지으면서 속삭였다.

"어떤 사람들인가 보셨지요? 거룩한 뜻으로 충만하신 분을 어떻게 대하는지 보십시오."

"네가 저 사람 처지가 되어보아라. 물론 칭찬할 만한 행동은 아니지만 이해는 가는구나."

예수님이 대답했다.

돈 카밀로는 머리를 흔들었다.

"다시 한번 말하지만 내가 원하는 대로 내 아들이 영세를 받을 때까지 여기서 나가지 않겠소."

페포네는 반복해서 말했다. 그러고는 아이가 든 포대기를 의자 위에 내려놓더니 웃옷을 벗고 소매를 걷어붙이고 위협하듯 앞으로 나섰다.

"예수님."

돈 카밀로는 예수님께 애원했다.

"모두 예수님 말씀대로 하겠습니다. 예수님의 사제가 개인적인 압력에 굴복하는 것이 옳다고 생각하신다면 저는 굴복하겠습니다. 어쨌든 내일이라도 저들이 송아지를 데리고 와서 영세를 해달라고 하더라도 후회하지는 마십시오. 예수님께서 잘 아시다시피 선례를 만드는 것이 잘못이니까요."

"글쎄."

예수님이 대답했다.

"그러니까 이번 경우에는 네가 잘 이해시켜야 한다······."

"그런데 저 녀석이 절 때리면요?"

"돈 카밀로, 받아들여야 한다. 내가 했던 것처럼 참고 견뎌야 한다."

그때서야 돈 카밀로는 몸을 돌렸다.

"알겠네, 페포네. 여기에서 아이에게 영세를 주겠다. 하지만 그런 저주받을 이름으로는 안 된다."

"돈 카밀로."

페포네가 투덜거렸다.

"산 속에서 맞은 그 총알 때문에 내 배는 약하다는 걸 기억하시오. 배 부분은 치지 마시오. 아니면 난 의자를 집어들고 덤비겠소."

"안심하게, 페포네. 자네 상체 부분만 모조리 요리할 테니까."

이렇게 말하고는 돈 카밀로는 번개같이 페포네의 귀밑으로 주먹을 날렸다.

거구의 두 사람은 강철 같은 주먹을 갖고 있었다. 서로 바람 소리가 휙휙 나도록 주먹을 날렸다. 20여 분 동안 말없이 격렬하게 싸우고 있을 때 돈 카밀로는 어깨 너머에서 들려오는 목소리를 들었다.

"힘내라, 돈 카밀로! 턱을 갈겨라!"

제단 위에서 예수님이 외치는 소리였다. 돈 카밀로는 힘껏 턱을 한 대 갈겼고, 그러자 페포네는 바닥에 길게 뻗었다.

페포네는 10여 분 동안이나 뻗어 있었다. 그러다가 일어나더니 턱을 문지르고 몸을 가다듬었다. 그리고 웃옷을 입고, 빨간 손수건을 목에 매더니 아기를 다시 팔에 안았다.

돈 카밀로는 성복으로 갈아입고 영세대 앞에 바위처럼 우뚝 서서 기다렸다. 페포네는 천천히 다가왔다.

"이름을 뭐라고 할 텐가?"

돈 카밀로가 물었다.

"카밀로 리베로 안토니오."

페포네가 퉁명스럽게 중얼거렸다.

돈 카밀로는 고개를 가로저었다.

"아닐세. 그보다는 리베로 카밀로 레닌이라고 부르도록 하세. 그래, 레닌도 넣기로 하세. 카밀로라는 이름이 옆에 있으면 그와 같은 사람들도 별 도리가 없을 테니까."

"아멘."

페포네가 턱을 문지르면서 중얼거렸다.

모든 것이 끝나고 돈 카밀로가 제단 앞을 지날 때 예수님이 미소를 지으면서 말씀하셨다.

"돈 카밀로, 진실대로 말해야겠구나. 정치에는 네가 나보다 낫다."

"주먹질도 그렇지요."

돈 카밀로는 아주 우쭐해져서 말했다. 그러면서도 무심코 이마에 난 커다란 혹을 쓰다듬었다.

성명서

어느 날 저녁 늦게 마을의 문방구점 주인인 바르키니 노인이 사제관으로 찾아왔다.

그는 활자 두 상자와 1870년식 수동 인쇄기 한 대를 가지고 가게에 '인쇄소'라는 간판도 걸어놓고 있었다. 돈 카밀로의 서재에 오랫동안 머문 것으로 보아 분명히 매우 중요한 이야기를 하는 모양이었다.

바르키니 노인이 돌아가자 돈 카밀로는 제단 위에 예수님께 달려가 의논을 드렸다.

"아주 중대한 소식입니다."

돈 카밀로가 소리쳤다.

"내일 저들이 성명서를 내려고 합니다. 인쇄를 해줄 바르키니가 제게 원고를 가지고 왔습니다."

돈 카밀로는 주머니에서 깨끗한 인쇄 용지를 하나 꺼내 큰 목소리로 읽었다.

최초이자 마지막 경고

어제 저녁에도 어떤 사악한 손목아지가 우리 벽보판 위에 모욕적인 말을 써놓았다.

어둠을 이용하여 그런 짓을 저지르는 불한당은 손목아지를 조심하라. 만약에 또 그런 짓을 저지르면 나중에 후회해도 이미 돌이킬 수 업는 일이 될 것이다.

모든 인네에도 한게가 잇다.

지구당 서기
쥬셉페 보탓치

돈 카밀로는 킥킥거리며 웃었다.

"어떻게 생각하십니까? 아주 멋진 걸작 아닙니까? 내일 사람들이 벽에 나붙은 이 성명서를 보고 얼마나 웃을지 한번 생각해보십시오. 페포네가 성명서를 내기 시작하다니! 정말 배꼽 빠지게 웃을 일 아닙니까?"

예수님은 아무런 대답이 없었다. 그러자 돈 카밀로는 깜짝 놀랐다.

"어떻게 썼는지 못 들으셨습니까? 다시 읽어드릴까요?"

"알았어, 알았다구."

예수님이 대답했다.

"모두들 각자 능력껏 자신을 표현하는 법이다. 초등학교 3학년밖에 다니지 못한 사람이 멋진 문체의 글을 쓰리라고 기대할 수는 없지 않느냐."

"주님!"

돈 카밀로는 두 팔을 펼치며 소리쳤다.

"이런 엉터리 글에 문체라고 말하시는 겁니까?"

"돈 카밀로, 논쟁에서 범하기 쉬운 가장 비열한 행동은 바로 상대방의 문장이나 문법의 실수를 잡고 늘어지는 것이니라. 논쟁에서 중요한 것은 바로 그 주제다. 너는 차라리 이 성명서의 위협적인 말투가 더 나쁘다고 말해야 할 것이다."

돈 카밀로는 인쇄 용지를 다시 주머니에 집어넣었다.

"그야 물론이지요. 정말로 큰 문제는 바로 성명서의 위협적인 말투입니다. 그런데 예수님께서는 그런 녀석들한테 무엇을 기대하십니까? 폭력밖에 모르는 작자들이라구요."

"성격이 약간 무모하기는 하지만 그 페포네가 나한테는 나쁜 사람처럼 보이지는 않는구나."

돈 카밀로는 어깨를 들썩 했다.

"좋은 포도주를 썩어빠진 통에 담는 것과 마찬가집니다. 사람이 어떤 환경에 들어가 어떤 사악한 사상을 갖고 그런 사람들과 접하다 보면 결국 스스로 망치게 되지요."

하지만 예수님은 납득할 수 없는 모양이었다.

"내가 말하고자 하는 것은 페포네의 경우에 단지 형식에 구애받을 것이 아니라 그 본질적인 것을 알아야 한다는 말이다. 말하자면 페포네가 그저 자연적인 악의에 의해 그렇게 행동하는 것인지, 아니면 누군가 싸움을 걸어서 그에 반발하여 저러는 것인지 알아야 한다는 말이야. 네 의견으로는 누가 싸움을 걸었다고 생각하느냐?"

돈 카밀로는 두 팔을 벌렸다. 도대체 그걸 누가 알 수 있단 말인가?

"그게 어떤 종류의 모욕이었는지 그것만 알아도 될 텐데."

예수님이 집요하게 추궁했다.

"그 자의 말로는 누군가 어젯밤 벽보판 위에 모욕적인 말을 써놓았다고 하던데. 어젯밤에 네가 담배 가게에 갈 때, 혹시 그 벽보판 앞을 지나가지 않았나 잘 기억해보아라."

"사실은, 네, 그 앞을 지나갔습니다."

돈 카밀로는 솔직하게 대답했다.

"좋아. 그러면 혹시 잠깐 멈추어 서서 벽보를 읽지 않았느냐?"

"읽다니요? 읽지는 않았습니다. 단지 흘긋 보았을 뿐입니다. 제가 뭐 잘못했나요?"

"그렇지는 않다, 돈 카밀로. 항상 우리들의 양 떼가 말하고 쓰는 것, 그리고 가능하다면 생각하는 것까지 잘 알고 있어야 하니까. 내가 묻는 이유는 단지 네가 멈추어 섰을 때, 뭔가 이상하게 씌어진 것을 보지 못했는가 알기 위해서다."

돈 카밀로는 고개를 가로저었다.

"분명히 말씀드리지만, 제가 멈추었을 때 벽보판 위에서 이상한 것은 전혀 보지 못했습니다."

예수님은 잠시 동안 생각에 잠겨 있었다.

"그렇다면 돈 카밀로, 네가 거기서 떠날 때 뭔가 이상한 것이 씌어 있는 것을 보지 않았느냐?"

돈 카밀로는 곰곰이 생각했다.

"맞습니다."

한참 후에 대답했다.

"지금 잘 생각해보니까, 제가 떠날 때, 벽보 위에 빨간 연필로 끄적거린 것을 본 것 같군요. 저, 잠깐 실례하겠습니다. 사제관에 누가 온 것 같습니다."

돈 카밀로는 황급히 몸을 숙이고 성구실로 살짝 숨으려고 했다. 그러나 예수님의 목소리가 가로막았다.

"돈 카밀로!"

돈 카밀로는 천천히 되돌아왔다. 그리고 제단 앞에 시무룩하게 서 있었다.

"그래서?"

예수님이 준엄하게 물었다.

"그래서, 네, 그렇습니다."

돈 카밀로는 우물거렸다.

"저도 모르게 뭔가 쓴 것 같기도 합니다······. 그러니까 저도 모르게 '페포네 바보'라고 쓴 것 같습니다······. 하지만 만약 그 벽보의 회람을 보셨다면, 예수님께서도 분명히······."

"돈 카밀로! 네가 무슨 짓을 했는지도 모르느냐? 그러고도 네 하느님의 아들이 어떻게 했으리라고 말하려는 거냐?"

"용서해주십시오. 어리석은 짓을 저질렀습니다. 그건 인정합니다. 그런데 페포네도 이제 위협적인 성명서를 발표하여 다시 어리석은 짓을 하고 있습니다. 그러니 서로 피장파장입니다."

"피장파장이라니!"

예수님이 소리쳤다.

"페포네는 어젯밤 너한테 바보라고 놀림을 당했고 또 내일 마을 전체에서 바보라고 놀림을 당할 지경이다! 한번 생각해봐라. 마을 전체에서 사람들이 우르르 몰려와 모두들 두려워하던 민중의 지도자 페포네의 실수를 보고 킥킥거리며 웃게 될 것이다! 그게 모두 네 잘못 때문이라구. 그것이 멋진 일이라 생각하느냐?"

돈 카밀로는 다시 안정을 되찾았다.

"옳은 말씀입니다만 일반적으로 정치적 목적에서는······."

"나는 정치적 목적들에는 관심이 없다!"

예수님이 중간에서 가로막았다.

"그리스도의 자비의 목적에서는 어떤 사람이 초등학교 3학년까지만 다녔다고 해서 사람들에게 놀림을 당하도록 하는 것은 정말로 비열한 짓이다. 그런데 돈 카밀로, 네가 그런 짓을 하다니!"

"주님, 그러면 제가 어떻게 해야 할지 말씀해주십시오."

돈 카밀로는 한숨을 쉬었다.

"나는 절대 '페포네 바보'라고 쓰지 않았다! 죄를 지은 사람이 그 대가를 치러야 하는 법이다. 돈 카밀로, 네가 알아서 처리해라!"

돈 카밀로는 사제관으로 물러났다. 그러고는 방 안을 이리저리 돌아다니기 시작했다. 페포네의 성명서 앞에 사람들이 서서 웃는 소리가 들리는 듯했다.

"멍청이들!"

화가 나서 소리쳤다.

돈 카밀로는 자그마한 성모상을 향해 돌아섰다.

"성모님, 저를 좀 도와주십시오."

간곡히 기도했다.

"그건 내 아들의 권한에 속하는 문제예요. 내가 간섭할 수는 없어요."

성모 마리아가 낮게 속삭였다.

"그러면 말이라도 잘 좀 해주십시오."

"노력해보지요."

바로 그때 갑자기 페포네가 들어왔다.

"내 말 좀 들어봐요. 이건 정치와는 상관없는 일이오. 어려움에 처한 사람이 신부님에게 충고를 구하러 온 것이오. 그건 분명한 사실이오······."

"난 내 의무를 알고 있네. 그래, 누굴 죽였는가?"

"돈 카밀로, 난 절대로 사람을 죽이지 않아요."

페포네가 대꾸했다.

"나는 누군가 내 뒤꿈치를 세게 밟는다면, 번개같이 주먹을 날릴 뿐이오."

"자네의 리베로 카밀로 레닌은 잘 크는가?"

돈 카밀로는 은근히 물어보았다.

그러자 페포네는 영세받던 날 한 대 얻어터진 것이 생각났다. 그래서 어깨를 움찔했다.

"두고 봐야 알지요. 주먹이란 항상 오고 가는 것이오. 주먹이 가면 주먹이 오는 법이지요. 어쨌든 이것은 전혀 다른 문제요. 간단히 말해서 이 마을에 어떤 불한당, 사악한 악당, 독 이빨을 가진 배반자 유다와 같은 놈이 있소. 그놈은 우리 게시판에 서기라는 내 서명이 들어 있는 벽보를 붙일 때마다 그 위에 '페포네 바보'라고 써놓는단 말이오!"

"그게 전부인가?"

돈 카밀로는 소리쳤다.

"그렇게 큰 문제 같지는 않군."

"성당의 미사 벽보에다 열두 주일이나 계속해서 '돈 카밀로 바보'라고 써놓은 걸 보고도 신부님이 그렇게 생각할지 어디 보고 싶구려."

돈 카밀로는 그건 잘 어울리지 않는 비교라고 말했다. 하나는 성당 게시판이고 다른 하나는 지구당 게시판이었다. 또한 하나는 하느님의 사제를 바보라고 하는 것이고, 다른 하나는 미치광이들의 우두머리를 바보라고 하는 것이라고 말했다.

그러다가 돈 카밀로는 은근히 물어보았다.

"그래 그 자가 누구인지 짐작이라도 가는가?"

"차라리 모르는 것이 낫지요."

페포네가 퉁명스럽게 대답했다.

"안다면 지금쯤 그 악당 녀석은 아마 두 눈깔이 뽑혀 있을 거요. 그 악당놈이 그렇게 놀리는 것이 벌써 열두 번째란 말이오. 항상 같은 놈 짓이 분명해요. 참는 것도 한계에 이르렀다는 것을 그놈에게 알려주려는 참이오. 이제는 그놈도 자제를 해야 할 것이오. 그 녀석이 내 손에 잡히기만 하면 멧시나 전체가 발칵 뒤집힐 테니까 말이오. 그래서 성명서를 인쇄하여 그놈과 그 일당이 볼 수 있도록 마을 구석구석에 붙이려는 참이오."

돈 카밀로는 어깨를 움찔했다.

"하지만 난 인쇄업자가 아니지 않은가? 내가 무슨 관계가 있단 말인가? 그건 인쇄업자에게 알아보게."

"벌써 알아봤소."

페포네가 침울하게 대답했다.

"하지만 바보스러운 모습을 보이기는 싫소. 그러니 바르키니가 성명서를 인쇄하기 전에 신부님이 교정을 좀 보아달라는 말이오."

"하지만 바르키니도 무식꾼은 아닐 텐데. 잘못된 것이 있으면 분명히 말을 해줄 거야."

"천만에요!"

페포네가 코웃음을 쳤다.

"그 녀석은 광신자요……. 말하자면 영혼까지 시커먼 반동분자란 말이오. 내가 '마음'을 '마을'이라고 썼더라도 그 영감은 그대로 놔둘 거요."

"자네 당원들도 있지 않은가?"

돈 카밀로가 말했다.

"아니 내가 성명서를 교정해달라고 내 부하들한테 몸을 굽히란 말이오! 게다가, 정말 멋진 일이겠소! 모두들 다 합해보아야 알파벳을 절반도 쓰지 못할 게요!"

"그럼 어디 보세."

돈 카밀로가 말했다. 페포네는 인쇄 용지를 내밀었다.

돈 카밀로는 인쇄된 글들을 천천히 훑어보았다.

"글쎄, 실수는 그만두고라도, 어조가 너무 강한 것 같군."

"강하다구요?"

페포네가 소리쳤다.

"그놈은 사악한 불한당, 협잡꾼, 싸움을 거는 무뢰한이란 말이오. 그놈한테 적당한 말을 하려면 책 두 권도 모자랄 거요!"

돈 카밀로는 연필을 들고 자세하게 교정을 했다.

"이제 교정한 것을 펜으로 다시 쓰게."

교정을 끝낸 돈 카밀로가 말했다.

페포네는 새까맣게 지우고 교정한 인쇄 용지를 시무룩한 표정으로 훑어보았다.

"생각해보시오. 바르키니 영감은 모든 게 잘되었다고 말했을 것이오……. 어떻게 사례를 해야 하지요?"

"아무런 사례도 필요 없네. 그 대신 입이나 다물고 있게. 난 공산당 선동가를 위해 일해줬다는 소리를 듣기는 싫으니까."

"달걀이나 좀 보내드리지요."

페포네가 나가자 돈 카밀로는 잠자리에 들기 전에 예수님께 인사를 드리러 갔다.

"그 사람이 제게 오도록 해주셔서 감사합니다."

"내가 할 수 있는 최소한의 일이었지."

예수님이 미소를 지으면서 말씀하셨다.

"그래 어떻게 되었느냐?"

"약간 힘들었지만 잘되었습니다. 어젯밤에 제가 그랬으리라고는 조금도 의심하지 않았습니다."

"천만에, 그는 모두 알고 있다."

예수님이 대꾸했다.

"네가 그랬다는 것을 아주 잘 안다구. 두 번이나 널 보기도 했지. 돈 카밀로, 조심하거라. 앞으로는 '페포네 바보'라고 또 쓰기 전에 일곱 번은 생각하거라!"

"이제 밖에 나갈 때는 언제나 연필을 집에 두고 나가겠습니다."

돈 카밀로는 엄숙하게 약속했다.

"아멘."

예수님은 미소를 지으면서 말씀하셨다.

사냥 금지 구역에서

돈 카밀로는 아침마다 종탑의 균열 상태를 살펴보았지만 언제나 똑같은 모양이었다. 갈라진 틈이 더 벌어지지도 않았고, 그렇다고 줄어들지도 않았다. 그러다가 결국 참지 못하고 어느 날 성당지기를 읍사무실로 보냈다.

"읍장한테 가서 말하거라. 지금 당장 와서 이런 사태를 좀 보라구. 정말 심각한 사태라고 설명하거라."

성당지기가 갔다 돌아왔다.

"페포네 읍장님이 심각한 사태라는 신부님의 말을 그대로 믿는다고 말하더군요. 어쨌든 꼭 갈라진 틈을 보여주고 싶다면 종탑을 읍사무실로 가져오라고 말했습니다. 다섯 시까지 근무한다구요."

돈 카밀로는 눈썹 하나 까딱하지 않았다. 단지 저녁 미사가 끝난 뒤 이렇게 말했을 뿐이었다.

"내일 아침 페포네나 그 무리 중 한 사람이라도 미사에 참석하기만 하면 영화처럼 볼 만한 일이 벌어질 거야. 하지만 그 녀석들은 무서워서 나타나지도 않을걸."

다음날 아침 성당에는 그 '빨갱이'의 그림자도 나타나지 않았다. 그런데 미사가 시작되기 5분 전에 성당 앞뜰에서 대열을 지어 행진을 하는 발소리가 들렸다. 그 '빨갱이들'이 모두들 완벽하게 줄을 서 있었다. 인근 지구당의 모든 당원들이 총집합했을 뿐만 아니라 심지어는 한쪽 다리가 목발인 신기료 장수 빌로와 열이 매우 높은 롤도 데이 프라티도 모였다. 그들은 선두에서 "하낫 둘" 구령을 하는 페포네를 따라 성당을 향해 당당하게 행진해왔다.

그들은 성당 안에 자리를 잡고 앉더니 바윗덩어리처럼 꼼짝하지 않았다. 모두들 포템킨 전투함처럼 엄격한 표정들이었다.

돈 카밀로는 설교 순서가 되자 아주 점잖게 신자들에게 착한 사마리아인의 비유를 들려주었고 짤막한 훈계로 설교를 끝마쳤다.

"꼭 알아야 할 사람들 이외에 모두들 아시는 것처럼 종탑에 균열이 생겨서 현재 아주 위험한 상태가 되었습니다. 따라서 여러 신자 여러분들께 하느님의 집을 도와달라고 부탁을 드리고 싶습니다. 제가 '신자들'이라고 말씀드리는 것은 하느님께 가까이하려고 이곳에 오는 성실한 사람들을 의미하는 것이지 자기들의 군사 훈련을 자랑하기 위해 이곳에 오는 파벌주의자들을 말하는 것은 아닙니다. 그 사람들에게는 종탑이 무너진다 해도 별로 중요하지 않을 것입니다."

미사가 끝난 후 돈 카밀로는 성당 문 앞에 작은 책상을 하나 내놓고 앞에 앉았다. 사람들이 그 앞을 지나 나갔지만 완전히 가버리지는 않았다. 모두들 기부금을 낸 다음 어떤 일이 일어날지 보기 위해 앞의 공터에 머뭇거렸다.

마침내 페포네의 뒤를 따라 완벽하게 정렬한 부대가 책상 앞에 오더니 놀라울 정도로 척 발을 맞춰 섰다.

페포네가 당당하게 앞으로 나섰다.

"이 종탑에서 어제까지는 구원의 여명을 축하였습니다. 이제는 바로 이 종탑에서 내일부터 프롤레타리아 혁명의 빛나는 여명을 축하하게 될 것입니다."

페포네가 돈 카밀로에게 말했다. 그러고는 돈이 가득 들어 있는 커다란 붉은 손수건 세 개를 내놓았다.

그러더니 고개를 번쩍 쳐들고 무리와 함께 가버렸다. 롤도 데이 프라티는 열이 너무 심해서 서 있기도 힘들었지만 그도 역시 고개를 높이 쳐들고 있었다. 외다리 빌로도 돈 카밀로의 책상 앞을 지날 때는 나무 다리로 당당하게 걸어갔다.

돈 카밀로는 돈이 가득 든 바구니를 예수님께 보여주고는 종탑을 고치고도 남을 정도라고 말했다.

예수님은 깜짝 놀라서 미소를 지었다.

"네 생각이 옳았구나, 돈 카밀로."

"물론이지요."

돈 카밀로가 대답했다.

"예수님께서는 전 인류를 알고 계시지만, 저는 이탈리아 사람들을 알기 때문이지요."

여기까지는 돈 카밀로가 잘 행동했다. 그런데 한 가지 실수를 했다. 사람을 보내어 페포네에게 부하들의 군사 훈련을 잘 감상했다고 전하면서, 프롤레타리아 혁명의 날에 필요할 테니까 '뒤로 돌아가'와 '뛰어가'를 좀 더 잘 훈련시켜야 할 것이라고 빈정거렸기 때문이다. 그것은 쓸데없는 말이었다. 페포네는 돈 카밀로에게 앙갚음할 기회를 기다렸다.

돈 카밀로는 완벽하게 점잖은 사람이었다. 하지만 놀라울 정도로 사냥에는 열광적이었고 멋진 2연발 엽총과 왈스로드사 제품인 훌륭한 탄약도 가지고 있었다. 게다가 스톡코 남작의 사유지는 마을에서 5킬로미터밖에 떨어져 있지 않았으므로 정말로 구미 당기는 사냥터였다. 그곳에서는 야생 동물들뿐만 아니라 인근의 닭들마저 그 철조망 너머로 도망치기만 하면 목을 비틀어 잡으려던 사람의 바로 눈앞에서 살아남을 정도로 사냥이 금지되어 있었기 때문이었다.

그래서 어느 날 저녁 돈 카밀로가 남작의 사유지에 들어서게 된 것은 전혀 이상할 게 없었다. 그는 신부복 위에 가죽을 덧댄 커다란 사냥용 바지를 입고 머리에 펠트 모자를 썼다. 인간의 육신은 약한 법이다. 사냥꾼들의 육신은 더더욱 약한 법이다. 따라서 돈 카밀로가 단 한 방에 1미터 정도 앞의 토끼를 쏘아 맞춘 것도 전혀 이상할 게 없었다. 토끼가 땅바닥에 쓰러지자 사냥 주머니에 집어넣고 재빨리 도망쳐 나오려고 하였다. 그때 바로 앞에 갑자기 누군가가 나타났다. 그러자 돈 카밀로는 모자를 눈썹까지 푹 눌러쓰고 그의 가슴을 머리로 힘껏 들이받아 벌러덩 땅에 쓰러뜨렸다. 신부가 사냥 금지 사유지에서 사냥을 하다가 감시원에게 들켰다는 소문이 마을에 퍼지기라도 하면 좋지 않기 때문이었다.

그런데 더욱 곤란한 것은 상대방도 역시 머리로 들이받으려고 생각했다는 점이었다. 그래서 두 머리가 중간에서 만나게 되었고 서로가 땅바닥에 나가 떨어질 정도로 세게 부딪쳤다. 머리에 지진이 난 것 같았다.

"이렇게 단단한 머리를 가진 사람은 우리 친애하는 읍장 나리밖에 없을 거야."

정신이 좀 들자 돈 카밀로가 중얼거렸다.

"이렇게 단단한 머리를 가진 사람은 우리 친애하는 신부님밖에 없을 거야."

페포네가 머리를 긁적이며 대꾸했다.

페포네도 역시 그 근처에서 몰래 사냥을 했고 사냥 바구니에는 빌어먹을 토끼 한 마리도 담겨 있었다. 그러다가 돈 카밀로와 우스꽝스럽게 마주친 것이다.

"다른 사람의 물건을 존중하라고 설교하던 분이 사유지의 울타리를 넘어 밀렵을 하리라고는 전혀 생각지도 못 했는걸."

페포네가 빈정거렸다.

"나도 전혀 몰랐는걸. 바로 제일의 주민이다, 읍장 동지께서……."

"읍장이 아니고 동지요."

페포네가 중간에서 말을 가로막았다.

"재산의 균등 분배를 원하는 이론을 사악하다고 비난하더니 존경하옵는 돈 카밀로 신부님의 생각이 그 이론에 일치하는 것 같구려. 신부님께서는……."

그때 누군가가 다가왔다. 벌써 몇 발자국 가까이까지 다가와 있었다. 그리고 이번에는 진짜 감시원이었기 때문에 도망쳤다가는 총에 맞을 위험도 있었다.

"어떻게 수를 써야겠어. 여기서 발각되면 시끄러운 소문이 나겠어."

돈 카밀로가 속삭였다.

"나와는 상관없는 일이오. 나는 내 행동에 대해서 항상 책임을 지니까."

페포네가 침착하게 대답했다.

발소리가 가까이 다가왔고 돈 카밀로는 커다란 나무 뒤로 몸을 숨겼다. 페포네는 움직이지 않았다. 오히려 감시원이 총을 들고 나타나자 인사를 했다.

"안녕하시오!"

"여기서 무얼 하고 있소?"

감시원이 물었다.

"버섯을 따는 중이오."

"엽총을 갖고 말이오?"

"다른 사람도 그렇게 하더군."

감시원의 위험에서 벗어나는 일은 그다지 힘들지 않았다. 감시원의 등 뒤에 있었기 때문에 갑자기 머리에 외투를 뒤집어씌우고 주먹으로 머리를 한 대 갈기면 그만이었다. 그러고는 감시원이 잠시 정신을 잃은 동안에 울타리를 뛰어넘으면 되었다. 일단 울타리 밖으로 나오자 모든 것이 손쉽게 해결되었다.

돈 카밀로와 페포네는 사유지에서 1마일 정도 떨어진 숲 속에 앉아 있었다.

"돈 카밀로."

페포네가 한숨을 쉬었다.

"우린 정말로 커다란 일을 저질렀소. 우리는 질서를 수호하는 사람에게 손을 댔단 말이오! 그것은 범죄 행위요."

직접 손을 댔던 돈 카밀로는 식은땀을 흘리고 있었다.

페포네는 천연덕스럽게 놀려댔다.

"양심의 소리가 나를 괴롭히는군. 이 무시무시한 일을 생각할 때마다 난 평온을 찾지 못할 것이오. 도대체 어떻게 내 죄를 용서받기 위해 하느님의 종 앞에 나설 수 있단 말이오? 그리스도의 성스러운 자비의 계율을 잊고 파렴치한 공산주의자들의 유혹의 소리에 귀를 기울이다니, 저주를 받을지어다!"

돈 카밀로는 통곡이라도 하고 싶을 정도로 비참해졌다. 그러면서도 한편으로는 빈정대는 페포네의 머리에 주먹이라도 한 방 날리고 싶어 미칠 지경이었다. 페포네는 그걸 알아차리고 재빨리 입을 다물었다.

"빌어먹을 유혹 덩어리!"

페포네는 사냥 주머니에서 토끼를 꺼내 멀리 집어던지면서 소리쳤다.

"그래, 빌어먹을!"

돈 카밀로가 소리쳤다. 그러고는 자기 토끼를 꺼내 고개를 푹 숙인 채 걸어가며 눈 가운데로 내던졌다. 페포네는 그 뒤를 따라 갓지에까지 걸어와서 오른쪽으로 꺾어들었다.

페포네가 걸음을 멈추며 말했다.

"미안하지만 이 죄를 씻어버릴 수 있도록 근처의 훌륭한 신부 한 분을 소개해주시겠소?"

돈 카밀로는 두 주먹을 불끈 쥐고는 곧장 앞으로 걸어갔다.

용기를 내어 제단 위의 예수님 앞으로 나섰을 때 돈 카밀로는 두 팔을 벌렸다.

"저 자신을 위해서 그런 것은 아닙니다. 단지 제가 몰래 밀렵을 했다는 소문이 나면 저보다도 성당이 더 큰 피해를 당할까 봐 그랬던 것입니다."

하지만 예수님은 아무런 말이 없었다. 그런 경우 돈 카밀로는 열병처럼 열이 오르고, 예수님이 불쌍히 여겨 "그만 됐다" 하고 말할 때까지 매일같이 빵과 물만 먹어야 했다.

그런데 이번에는 돈 카밀로가 일주일 동안이나 빵과 물만으로 연명했는데도 예수님은 "그만 됐다" 하는 말이 없었다. 7일째 되는 날 저녁에는 벌써 두 다리로 일어서려면 벽을 손으로 짚어야 했고 뱃속에서는 배고픔이 아우성이었다.

그때 페포네가 고해를 하러 왔다.

"나는 그리스도의 자비와 계율을 어겼습니다."

페포네가 말했다.

"알고 있네."

돈 카밀로가 대답했다.

"게다가 당신이 멀어지자마자 나는 되돌아가서 두 마리 토끼를 모두 가져왔소. 그래서 한 마리는 토끼탕을 만들었고 한 마리는 바비큐를 만들었지요."

"내 그럴 줄 알았네."

돈 카밀로는 한숨을 쉬며 말했다.

그러고는 제단 앞을 지나갈 무렵 예수님은 미소를 지었다. 일주일 동안 단식을 했다는 걸 생각해서 그런 것만은 아니었다. 오히려 돈 카밀로가 "내 그럴 줄 알았네" 하고 대답하면서 페포네의 머리통을 후려갈기고 싶은 욕망을 느끼지 않고 가슴 깊이 부끄러움을 느낀 것이 가상해서였다. 그날 저녁 돈 카밀로도 잠시나마 뒤로 돌아가서 똑같은 짓을 하고 싶은 유혹을 느꼈기 때문이었다.

"불쌍한 돈 카밀로!"

예수님이 감동하여 나직하게 속삭였다.

돈 카밀로는 자기가 할 수 있는 일은 다했고 잘못이 있다면 결코 악의가 아니었다고 말하려는 듯이 두 팔을 벌렸다.

"돈 카밀로, 알고 있다, 알고 있어."

예수님이 말했다.

"이제는 어서 가서 페포네가 사제관 부엌에 잘 요리해서 갖다 놓은 네 토끼 고기나 먹으려무나."

경쟁

도시에서 저명 인사가 마을에 왔다. 사방에서 사람들이 몰려들었다. 그러자 페포네는 커다란 광장에서 집회를 열기로 결정했다. 그리고 붉은 휘장으로 장식한 멋진 연단을 세우고 목소리를 확대시키는 전기 장치가 안에 들어 있고 지붕에 확성기 네 개가 설치된 트럭까지 한 대 준비하도록 했다.

마침내 일요일 오후, 광장은 사람들로 가득 찼다. 사람들은 광장과 마주한 성당 안뜰에까지 들어찼다.

돈 카밀로는 문을 모두 걸어 잠그고 성구실 안에 틀어박혔다. 아무도 보지 않고, 어떤 소리도 듣지 않고, 사악한 분노가 치밀어 오르는 것을 막기 위해서였다. 그가 꾸벅꾸벅 졸고 있을 때 하느님의 분노와 같은 우렁찬 목소리가 들려왔다.

"동지 여러분!"

마치 벽들이 허물어져 내린 것 같았다.

돈 카밀로는 중앙 제단 위에 계신 예수님에게로 가서 끓어오르는 마음을 풀어놓았다.

"그 빌어먹을 확성기 한 대를 일부러 우리 쪽으로 돌려놓은 것이 분명합니다."

그는 소리를 질렀다.

"이것은 엄연한 가택 침입입니다."

"그래 어떻게 하려는 것이냐, 돈 카밀로? 이게 진보라는 것이다."

예수님이 대답했다.

연사는 의례적인 서론을 늘어놓고는 곧바로 본론으로 들어갔다. 그는 극단주의자여서 아주 신랄하게 비판을 가했다.

"법의 테두리 안에 머물러 있어야 하며 우리는 그렇게 할 것입니다. 기관총을 손에 들고 인민의 적들을 모두 벽에 몰아붙이는 대신에, 우리는……."

돈 카밀로는 성난 말처럼 발을 동동 굴렀다.

"예수님, 저 소리가 들리십니까?"

"듣고 있다, 돈 카밀로. 불행히도 아주 잘 들린다."

"예수님, 왜 저 멍청이들 한가운데에 벼락을 내리지 않습니까?"

"돈 카밀로, 우리는 법의 테두리 안에 머물러야 한다. 누군가 잘못했다고 해서 네가 총질을 하려 한다면, 무엇 때문에 내가 십자가에 못 박혔단 말이냐?"

돈 카밀로는 두 팔을 벌렸다.

"예수님 말씀이 옳습니다. 우리마저 십자가에 못 박도록 기다리는 수밖에 없겠군요."

예수님은 미소를 지었다.

"말을 하고 나서 말한 것을 생각하지 말고, 네가 말해야 하는 것을 미리 생각하고 말을 한다면, 어리석은 소리를 했다고 후회하지는 않을 것이다."

돈 카밀로는 고개를 떨구었다.

"……그리고 십자가의 그늘 속에 숨어서 애매한 말로써 노동자 대중을 분열시키려고 하는 자들에게 우리는……."

바람에 실려온 확성기의 목소리는 성당을 가득 채우고 빨강 파랑 노랑으로 채색한 고딕 창문들을 뒤흔들었다.

돈 카밀로는 커다란 청동 촛대를 움켜쥐었다. 그러고는 촛대를 곤봉처럼 휘두르며 이를 악물고 문 쪽으로 걸어갔다.

"돈 카밀로, 멈추어라!"

예수님이 소리쳤다.

"사람들이 모두 떠날 때까지 너는 여기서 나가면 안 된다."

"좋습니다."

돈 카밀로는 촛대를 제자리에 놓으면서 대답했다.

"말씀대로 따르겠습니다."

그는 성당 안을 이리저리 거닐었다. 그러더니 예수님 앞에 멈추어 섰다.

"하지만 이 안에서는 제가 원하는 대로 할 수 있지요?"

"물론이다, 돈 카밀로. 네 집 안에 있으니 네가 원하는 대로 할 수 있지. 다만 창문에 서서 사람들에게 총을 쏘는 것은 빼고 말이다."

3분 후 돈 카밀로가 유쾌하게 종탑의 종치기실로 뛰어올라가더니 마을에서 전혀 들어본 적이 없는 엄청난 종소리를 울리기 시작했다.

연사는 연설을 중단해야만 했다. 그러고는 뒤에 앉아 있는 마을 유지들에게 몸을 돌렸다.

"저 소리 좀 멈추게 해요!"

그는 화가 나서 소리쳤다.

페포네는 심각하게 머리를 끄덕였다.

"맞습니다. 저 소리를 멈추게 하는 방법은 두 가지가 있어요. 종탑을 폭파시켜버리거나, 아니면 대포로 쏘아버리는 것이지요."

연사는 어리석은 소리 하지 말라고 소리쳤다. 어리석은 소리, 종탑의 문을 부수고 올라가면 쉽지 않은가!

"글쎄요."

페포네는 침착하게 설명했다.

"층계단마다 사다리를 타고 올라갈 수는 있지요. 하지만 동지, 저게 보이지요? 종탑 꼭대기 왼쪽 창문으로 비어져나온 것 말입니다. 저 종치는 사람이 올라가면서 모두 갖고 올라간 사다리들입니다. 그리고 맨 꼭대기 칸의 마루문을 닫아버렸으니 저 사람은 완전히 세상과 단절되어 있지요."

"그렇다면 종탑 창문으로 몇 방 갈길 수도 있잖아요!"

스밀초가 제의했다.

"물론이지."

페포네가 대꾸했다.

"하지만 첫 방에 저자를 맞혀 떨어뜨릴 보장이 있어야 한다구. 그렇지 않으면 저자도 함께 총을 쏘기 시작할 것이고, 그러면 모든 게 엉망이 되어버리겠지."

종소리가 멈추었다. 연사는 다시 연설을 시작했다. 돈 카밀로의 마음에 들지 않는 말이 연사의 입에서 튀어나오면, 돈 카밀로는 즉각 종을 울려 응수했다. 그러고는 잠잠하다가 연사의 말이 어긋나면 또다시 종을 울리기 시작했다. 그렇게 해서 단순히 애국심을 강조하는 감동적인 연설은 막이 내렸고, 종치는 사람의 의견도 존중되었다.

그날 저녁 페포네는 돈 카밀로를 만났다.

"조심하시오, 돈 카밀로. 그렇게 우릴 건드리다간 좋지 않은 일이 생길 것이오."

"난 조금도 건드리지 않았네."

돈 카밀로는 조용하게 대답했다.

"자네들이 확성기를 울려대니까 우리도 우리 종을 울렸을 뿐이네. 그게 바로 민주주의라네, 동지. 한쪽에서만 울리도록 허락한다면 그건 독재지."

페포네는 집으로 돌아갔다. 그런데 어느 날 아침 돈 카밀로는 성구실과 광장 사이 경계선에서 50센티미터도 떨어지지 않은 성당 앞에 목마, 그네, 사격 연습기, 회전 열차, 전기 기차, '죽음의 벽', 그리고 여러 가지 놀이 기구들이 가득 들어차 있는 것을 발견했다.

놀이 동산의 업자들은 모두 읍장이 서명한 허가증을 보여주었다. 돈 카밀로는 사제관으로 물러나는 수밖에 없었다.

그날 저녁 온갖 난장판이 벌어졌다. 오르간 소리, 확성기 소리, 사격 소리, 고함 소리, 노래, 종소리, 호각 소리, 싸우며 울부짖는 소리……. 돈 카밀로는 예수님에게로 가서 항의했다.

"이것은 하느님의 집에 대한 모독 행위입니다."

그가 소리쳤다.

"저기에 뭔가 부도덕하고 추잡한 것이라도 있느냐?"

예수님이 물었다.

"아닙니다. 목마, 그네, 모형 자동차 같은 아이들 놀이 기구들

뿐입니다."

"그렇다면 그건 민주주의일 뿐이지."

"이 저주받을 소란도 말입니까?"

돈 카밀로가 물었다.

"법의 테두리 안에 있는 한 소란도 역시 민주주의지. 내 아들아, 성구실 너머는 읍장의 관할 구역이다."

사제관은 성당보다 30여 미터 정도 앞으로 나왔고 따라서 한쪽 면은 광장과 마주하고 있었다. 바로 그 사제관 창문 아래에 이상한 기구를 하나 설치해놓았는데, 그것은 돈 카밀로의 호기심을 끌었다. 1미터 정도의 기둥을 세우고 그 꼭대기에는 버섯 모양으로 속을 단단히 채운 가죽 주머니를 매달았다. 그 뒤에는 좀 더 가늘고 기다란 막대기가 서 있었는데, 1에서 1000까지 숫자가 표시되어 있었다. 힘을 측정하는 기계였다. 버섯 모양의 꼭대기를 주먹으로 치면 바늘이 힘의 숫자를 가리켜주었다. 돈 카밀로는 덧창문의 틈 사이로 내다보며 흥미롭게 관찰했다. 밤 11시경까지 최대 기록은 750이었다. 감자 자루처럼 커다란 주먹을 가진 그레티의 목동 바딜레가 기록한 것이었다. 그런데 갑자기 페포네가 부하들과 함께 나타났다.

모든 사람이 구경하려고 몰려들었다. 모두들 "힘내시오!" 하고 소리쳤다. 그러자 페포네는 웃옷을 벗고 소매를 걷어붙였다. 그러고는 기구 앞에 서서 주먹으로 거리를 쟀다. 모두 조용해졌고, 돈 카밀로의 가슴도 두근거렸다.

주먹이 번개같이 허공을 가르며 날았다.

"950!"

기계의 주인이 소리쳤다.

"1939년 제노바에서 어떤 부두 노동자가 이 기록을 낸 이후로 처음이오."

사람들은 열광적으로 환호했다.

페포네는 웃옷을 입고 고개를 들더니 돈 카밀로가 엿보고 있는 창문을 바라보았다.

"누구든지 관심이 있으면 950의 기록에 도전해보시오!"

페포네는 힘차게 소리쳤다.

모두 돈 카밀로의 창문을 바라보면서 킥킥거렸다. 돈 카밀로는 후들후들 떨리는 걸음으로 잠자리에 들었다. 다음날 밤 그는 또다시 창문 뒤에 바짝 붙어서서 떨리는 마음으로 11시를 기다렸다. 그러자 페포네가 부하들과 함께 나타나서 웃옷을 벗고 소매를 걷어붙이더니 다시 주먹을 날렸다.

"951!"

사람들이 소리쳤다. 그러고는 모두들 낄낄거리면서 돈 카밀로의 창문을 바라보았다. 페포네도 역시 고개를 들고 바라보았다.

"누구든지 관심이 있으면 951의 기록에 도전해보시오!"

그는 힘차게 소리를 질렀다.

돈 카밀로는 치밀어 오르는 열기와 함께 잠자리에 들었다. 다음 날 그는 예수님 앞에 가서 무릎을 꿇었다.

"예수님."

그는 한숨을 쉬었다.

"저 녀석이 절 절벽으로 몰아붙이고 있습니다!"

"힘을 내어 도전해보아라, 돈 카밀로."

밤이 되자 돈 카밀로는 사형장으로 가듯이 창문 틈으로 다가섰다. 이젠 이미 소문이 퍼져서 온 마을 사람들이 구경을 하러 왔다. 그러고는 페포네가 나타나자 "저기 왔다!" 하는 속삭임이 퍼져 나갔다.

페포네는 의기양양하게 창문 쪽을 바라보더니 웃옷을 벗고 주먹을 들었다. 사람들은 숨을 죽였다.

"952!"

돈 카밀로는 몇천 개의 눈이 일시에 자기 창문으로 향하는 것을 보고는 자제력을 잃어버렸다. 그는 후닥닥 방을 나섰다.

"누구든지······."

페포네는 952라는 기록에 대한 말을 미처 끝내지도 못했다. 그의 눈앞에는 벌써 돈 카밀로가 서 있었다.

사람들이 웅성거리더니 일시에 잠잠해졌다.

돈 카밀로는 가슴 깊이 심호흡을 하더니 두 다리로 쩍 버티고 섰다. 모자를 벗어 던지고는 성호를 그었다. 그러고는 거대한 주먹을 들어올리더니 번개같이 날렸다.

"1000!"

사람들이 소리쳤다.

"누구든지 관심이 있으면 1000이라는 기록에 도전해보시오!"

돈 카밀로가 외쳤다.

페포네는 얼굴이 창백해졌다. 그의 부하들도 실망과 굴욕감 속에서 페포네를 곁눈질해 보았다. 어떤 사람들은 매우 만족하여 히죽거리기도 했다.

페포네는 돈 카밀로의 눈을 뚫어지게 쳐다보았다. 그러더니 다시 웃옷을 벗고 기계 앞에 섰다. 그리고 주먹을 들었다.

"예수님."

돈 카밀로는 황급히 중얼거렸다.

페포네의 주먹이 번개같이 허공을 갈랐다.

"1000!"

사람들이 소리쳤다. 페포네의 부하들은 기뻐서 어쩔 줄을 몰랐다.

"모두들 1000이라는 최고 기록을 냈소."

기계 주인 스갬보가 말했다.

"둘 다 똑같은 수준이오."

페포네는 의기양양하게 한쪽으로 돌아갔고 다른 한쪽으로는 돈 카밀로가 의기양양하게 돌아갔다.

"예수님."

예수님 앞에 서자 돈 카밀로가 말했다.

"감사합니다. 저는 정말로 걱정했습니다."

"1000이라는 기록을 내지 못할까 봐서?"

"아닙니다. 저 녀석도 1000이라는 기록을 내지 못할까 걱정되어서였습니다. 그러면 제 양심에 걸렸을 겁니다."

"알고 있었느니라. 그래서 조금 도와주었지."

예수님이 미소를 지으며 대답했다.

"게다가 페포네도 역시 너를 보자마자 혹시 네가 952의 기록을 내지 못하면 어쩌나 속으로 걱정했단다."

"그랬을 테지요."

이따금 회의론자가 되기 좋아하는 돈 카밀로가 중얼거렸다.

처벌 원정대

품팔이 노동자들이 광장에 모여 읍사무소에 일자리를 달라고 아우성을 치기 시작했다. 하지만 읍사무소에는 돈이 없었다. 그러자 읍장 페포네가 사무실 발코니에 나서서 자기가 모두 생각할 터이니 조용히 하라고 소리를 질렀다.

"자동차, 오토바이, 트럭, 마차를 타고 가서 한 시간 이내에 그 사람들을 모두 데리고 오도록!"

그는 자기 사무실에 모인 직원들에게 명령을 내렸다.

하지만 그건 세 시간이 걸렸다. 그리고 마침내 관할 구역 내의 유력한 지주들과 농장 주인들이 회의실에 모였다. 그 아래 바깥에서는 군중이 아우성을 쳤다.

페포네는 서둘러 본론을 꺼냈다.

"이제 올 데까지 왔습니다."

그는 퉁명스럽게 말했다.

"배고픈 사람들이 원하는 건 멋진 말이 아니라 빵이오. 여러분들이 헥타르 당 1천 리라씩 내놓으면 공공 사업을 벌여 사람들에게 일자리를 줄 것입니다. 아니면 나는 읍장으로서 또 노동자 대중의 대표로서 이번 사태에서 손을 뗄 것이오."

브루스코가 발코니에 나서서 사람들에게 읍장이 이러저러한 말을 했다고 전했다. 그리고 지주들의 대답을 전하려고 했다. 하지만 사람들은 고함 소리로 응답했고 지주 대표들은 얼굴이 창백해졌다.

회의는 오래 지속되지 않았다. 절반 이상의 지주들이 헥타르 당 얼마씩 자발적으로 내겠다는 계약서에 서명을 했다. 마치 모두들 서명할 것처럼 보였다. 그런데 캄포룽고의 농장 주인인 베롤라 노인 차례가 되자 일이 장애에 부딪혔다.

"나는 때려 죽인다 하더라도 서명하지 못하겠소."

베롤라 노인이 말했다.

"그런 법률이 생긴다면 그때는 지불하겠소. 지금은 절대로 돈을 내지 못하겠소."

"그러면 우리가 직접 받으러 가겠소."

브루스코가 소리쳤다.

"그래, 그러라구."

베롤라 노인이 중얼거렸다. 베롤라 노인의 캄포룽고 농장에서 아들들, 손자들, 사위들, 조카들을 합해서 적어도 열다섯 명은 총을 쏠 수가 있었다.

"그래, 오라구. 길은 잘 알고 있을 테지."

서명을 한 사람들은 화가 나서 손가락을 물어뜯었다. 그러자 다른 사람들이 말했다.

"베롤라가 서명하지 않는다면 우리들도 서명을 하지 않겠소."

브루스코가 광장에 있던 사람들에게 이 소식을 전하자 그들은 베롤라를 끌어내리든지 아니면 자기들이 올라가서 끌어내겠다고 고함을 질렀다. 그러자 페포네가 발코니로 나섰다. 그리고 어리석은 짓 하지 말라고 소리쳤다.

"현재 우리가 얻은 것으로도 앞으로 두 달 동안은 편안히 지낼 수 있소. 그동안에 지금까지 우리가 했던 것처럼 법의 테두리를 벗어나지 않는 범위에서 베롤라와 다른 사람들을 설득할 방법을 찾아보겠소."

모든 것이 잘되었다. 페포네는 베롤라 노인을 설득하기 위해 직접 차에 태워 바래다주었다. 하지만 대답은 마찬가지였다. 캄포룽고의 다리 앞에서 내리면서 노인은 이렇게 말했다.

"나이가 일흔이면 한 가지 걱정밖에 없소. 너무 오래 살지 않을까 하는 것이오."

한 달이 지나도 사태는 처음과 마찬가지였다. 사람들은 전보다 더 화가 치밀었다. 그러다가 마침내 어느 날 밤 사건이 터지고 말았다.

돈 카밀로는 이튿날 아침 곧바로 소식을 들었다. 그래서 자전거를 타고 캄포룽고로 달려갔다. 베롤라의 가족들이 모두 들판에 모여 있는 것을 발견했다. 모두 팔짱을 낀 채 바위처럼 말없이 땅바닥을 바라보고 있었다.

돈 카밀로는 앞으로 나섰다. 깜짝 놀라 숨이 막힐 지경이었다. 누군가 반 이랑 정도 포도나무들의 밑동을 자르고 덩굴들을 검은 뱀처럼 풀밭에 버려두었다. 그리고 곁의 느릅나무 위에 '첫 번째 경고'라는 쪽지를 붙여놓았다.

농부들은 자기의 포도나무 한 그루를 자르는 것보다 오히려 자기 다리를 하나 자르는 것이 더 낫다고 생각한다. 돈 카밀로는 반 이랑 정도 살해당한 사람들을 본 것처럼 몸서리를 치며 집으로 돌아왔다.

"예수님, 여기에선 단 한 가지 길밖에 없습니다. 그들을 찾아 목을 매다는 것입니다."

그는 예수님에게 말했다.

"돈 카밀로."

예수님이 대답했다.

"어디 말해보거라. 너는 머리가 아플 때 그걸 낫게 하려고 머리를 자르느냐?"

"하지만 독사들은 밟아 죽여야 합니다."

돈 카밀로가 소리쳤다.

"우리 아버지께서 이 세상을 창조하실 때 사람과 동물 사이에 정확한 구별을 해두셨다. 그것은 사람이라는 범주에 속하는 자들은 언제나 사람이라는 뜻이다. 그러므로 무슨 일을 저지른다고 하더라도 사람으로서 대우를 받아야 한다는 말이다. 그렇지 않다면 사람들을 구원하기 위해 나를 땅 위에 내려보내 십자가에 못 박히게 하지 않고 차라리 사람들을 모두 없애버리는 것이 더 쉽지 않았겠느냐?"

일요일, 돈 카밀로는 농부였던 자기 아버지의 포도나무가 잘리기라도 한 듯 잘려 나간 포도나무에 대해서 설교를 했다.

그는 스스로 감동하여 서정적 느낌마저 들었다. 그런데 갑자기 신자들 사이에서 페포네를 발견하자 날카로워졌다.

"태양을 손 댈 수 없는 저 하늘 위에 놓아두신 주님께 감사를 드립시다. 그렇지 않았더라면 누군가가 정치적 상대방이 선글라스를 파는 것이 보기 싫다고 태양을 벌써 꺼버렸을지도 모르니까요. 여러분 인민들이여, 당신 지도자들의 말을 믿으시오. 그들은 여러분께 인색한 구두장이를 처벌하기 위해 여러분의 다리를 잘라버리라고 가르치니까요!"

돈 카밀로는 페포네를 뚫어져라 응시했다. 마치 설교를 페포네만을 위해 하는 것 같았다.

저녁 무렵 페포네가 침울한 표정으로 사제관에 나타났다.

"오늘 아침 나한테 무슨 유감이 있었소?"

페포네가 물었다.

"나는 단지 사람들의 머릿속에 어떤 사상을 불어넣어주는 사람들에게 유감이 있을 뿐이지."

돈 카밀로가 대답했다.

페포네는 주먹을 움켜쥐었다.

"돈 카밀로, 혹시 내가 그 녀석들에게 베롤라의 포도나무를 자르라고 가르쳤다고 생각하는 건 아니겠지요?"

돈 카밀로는 머리를 흔들었다.

"아닐세, 자네는 포악하기는 하지만 비열하지는 않아. 하지만 그 녀석들을 풀어준 것은 바로 자네라구."

"말리려고 했지만 그들이 몰래 빠져나갔다구요."

돈 카밀로는 벌떡 일어서더니 페포네 앞에 가 떡 다리를 벌리고 섰다.

"페포네, 포도나무를 자른 게 누군지 알고 있군!"

"난 아무것도 몰라요!"

페포네가 소리쳤다.

"자넨 누군지 알고 있어, 페포네. 자네가 그 불한당, 악당들 중 하나가 아니라면 그들이 누군지 알려주는 것이 자네의 의무라구."

"난 아무것도 모르오."

페포네가 우겼다.

"포도나무 30여 그루를 잘라내서 생긴 물질적 도덕적 피해 때문만이 아니야. 자넨 말해야 해. 그건 뜨개질한 스웨터에 난 구멍과 같은 거야. 당장 막지 않으면 그 스웨터는 완전히 풀려 없어져 버린다구. 알면서도 막지 않는다면 자넨 짚더미에 떨어진 담뱃불을 보고도 끄지 않는 사람과 마찬가지야. 잠시 후면 자네 잘못 때문에 집 전체가 홀랑 타버릴 거라구! 그건 잘못해서 담배꽁초를 버린 사람의 잘못이 아니야."

페포네는 계속해서 아무것도 모른다고 우겼다. 하지만 돈 카밀로는 집요하게 그를 추궁하여 숨통을 조였고, 마침내 페포네가 굴복했다.

"내 목을 잘라도 말하지 않으려 했소! 우리 당에는 신사들만 모여 있는데 그 세 놈의 불한당 때문에……."

"알겠네."

돈 카밀로가 중간에서 가로막았다.

"내일이라도 이런 일을 알게 되면 다른 사람들이 더 공격적으로 바뀌어 총질을 해댈지도 모르오."

돈 카밀로는 한참 동안 이리저리 돌아다니더니 마침내 멈추어 섰다.

"그 불한당들이 벌을 받아야 한다는 것은 최소한 인정하겠지? 그들이 그런 일을 다시 저지르지 않도록 해야 한다는 것을 자네도 인정하겠지?"

"인정하지 않는다면 난 돼지가 될 거요."

"좋아. 잠깐 기다리게."

돈 카밀로가 결론을 내렸다. 20여 분 후 돈 카밀로는 사냥복을 입고 장화를 신고 머리에는 모자를 쓰고 다시 나타났다.

"가세."

외투를 걸치면서 말했다.

"어디로?"

"그 세 사람 중 첫 번째 사람의 집으로. 길을 가면서 설명해주겠네."

칠흑같이 어두운 밤이었고 바람이 불었다. 길거리에는 개미 새끼 한 마리 보이지 않았다. 어느 외딴집 근처에 이르자 돈 카밀로는 수건으로 얼굴을 가린 채 밭고랑 사이에 몸을 숨겼다. 페포네는 혼자서 앞으로 나아가 문을 두드렸다. 그리고 잠시 후 어떤 사내와 함께 다시 나타났다. 정확한 순간에 돈 카밀로는 밭고랑에서 풀쩍 뛰어나왔다.

"손들어!"

그는 기관총을 꺼내 들며 소리쳤다. 두 사람은 손을 들었다. 돈 카밀로는 그들의 얼굴에 불빛을 비추었다.

"넌 뒤돌아보지 말고 뛰어가."

그는 페포네에게 말했다. 페포네는 뛰어갔다.

돈 카밀로는 다른 한 사내를 들판 한가운데로 데리고 나가 엎드리게 했다. 그리고 왼손에 기관총을 든 채 오른손에 든 몽둥이로 사내의 엉덩이를 하마 껍질이라도 벗겨질 정도로 열 대쯤 후려갈겼다.

"첫 번째 경고다. 알겠느냐?"

돈 카밀로가 말했다.

사내는 알겠다는 듯이 고개를 끄덕였다.

돈 카밀로는 약속한 장소에서 기다리는 페포네와 만났다.

두 번째 사람은 아주 쉽게 사로잡았다. 돈 카밀로가 헛간 뒤에 숨어 페포네와 함께 첫 번째 사람과는 다른 계획을 세우고 있을 때 마침 사내가 물을 길러 나왔기 때문이었다. 돈 카밀로는 잽싸게 그를 붙잡았다. 일이 끝나고 두 번째 사람도 첫 번째 경고를 잘 알아들었다.

돈 카밀로는 아주 열심히 일을 했기 때문에 오른쪽 팔이 아팠다. 그는 페포네와 함께 숲 속에 앉아 반 토막짜리 토스카나 시가를 나누어 피웠다.

그러나 곧바로 해야 할 일을 생각하고는 나무 껍질에 시가를 비벼 껐다.

"자, 이제 세 번째한테로 가세."

돈 카밀로가 일어서며 말했다.

"세 번째는 바로 나요."

페포네가 대답했다.

돈 카밀로는 갑자기 숨이 막히는 것 같았다.

"세 번째는 바로 자네라고?"

그는 더듬거렸다.

"아니 어떻게?"

"하느님과 연결되어 있는 당신이 모르는데, 내가 그 이유를 어찌 안단 말이오?"

페포네가 소리쳤다.

그러고는 외투를 벗어 던지고 손에 침을 뱉더니 광폭하게 나무 둥치를 움켜잡았다.

"자 때리시오, 빌어먹을 신부님아!"

그는 이를 악물고 소리쳤다.

"때리시오, 아니면 내가 때리겠소!"

돈 카밀로는 고개를 흔들었다. 그러고는 아무 말 없이 가버렸다.

"예수님."

돈 카밀로는 제단 앞에 서자 낙담하여 말했다.

"저는 전혀 생각지도 않았습니다. 설마 페포네가……."

"돈 카밀로, 오늘 밤 네가 저지른 일은 정말 무서운 일이었다."

예수님이 중간에서 가로막았다.

"나는 나의 사제가 처벌하기 위해 원정하는 일을 용인할 수가 없다."

"예수님, 무지한 당신의 아들을 용서해주십시오."

돈 카밀로가 속삭였다.

"용서해주십시오. 예수님이 성전을 더럽힌 상인들을 회초리로 후려쳤을 때 하느님 아버지께서 용서해주셨듯이 말입니다."

"돈 카밀로, 지금은 나의 과거 행동주의자였던 시절을 비난하지 말기 바란다!"

예수님이 홀가분해진 마음으로 말했다.

돈 카밀로는 텅 빈 성당 안을 침울하게 돌아다니기 시작했다. 자신이 비참하고 초라해진 느낌이었다. 페포네가 포도나무들을 잘라낸 범인이라는 사실이 그의 마음에 걸렸다.

"돈 카밀로."

예수님이 그를 불렀다.

"왜 그리 고민하느냐? 페포네는 고해를 했고 후회하고 있다. 나쁜 사람은 바로 그를 사면해주지 않는 너 자신이다. 돈 카밀로, 너의 임무를 다하거라."

돈 카밀로가 찾아갔을 때 페포네는 텅 빈 차고에서 혼자 트럭의 엔진 뚜껑 속에 고개를 처박고 미친 듯이 커다란 나사를 조이고 있었다. 페포네는 모터 위에 구부정하게 몸을 숙인 채였다. 돈 카밀로는 엎드린 그의 엉덩이를 몽둥이로 열 대 때렸다.

"내 그대의 죄를 사하노라."

그러고는 덤으로 엉덩이를 한 대 걷어찼다.

"이것은 나한테 빌어먹을 신부라고 욕한 대가다."

"고맙소. 은혜는 갚겠소."

페포네는 이를 악물고 머리를 트럭 엔진 속에 처박은 채 말했다.

"미래는 하느님의 손에 달려 있지."

돈 카밀로가 한숨을 쉬었다.

밖으로 나오면서 그는 몽둥이를 멀리 내던졌다. 그날 밤 떨어진 몽둥이가 땅에 박혀 뿌리를 내리고 포도 덩굴과 꽃이 움트더니 곧바로 황금빛 포도송이들이 주렁주렁 매달리는 꿈을 꾸었다.

죄와 처벌

 어느 날 아침 성당을 나서던 돈 카밀로는 밤중에 누군가 사제관의 하얀 벽 위에다 50센티나 되게 커다란 글씨로 "돈 카말로"라고 붉게 써놓은 것을 발견했다.
 돈 카밀로는 석회 한 통과 붓을 들고 나가 글자를 지우려고 했다. 하지만 아닐린 염료로 씌어져 있어서 그걸 지운다는 것은 결혼 신청만큼이나 어려운 일이었다. 3인치 두께로 발라도 글씨가 드러나 보일 지경이었다. 그래서 돈 카밀로는 줄을 가져다 긁어내야 했다. 그러는 데도 반나절이나 걸렸다.
 그는 방앗간 주인처럼 새하얀 가루를 뒤집어쓴 채 울적한 기분으로 제단의 예수님 앞에 나섰다.
 "누가 한 짓인지 알기만 하면 몽둥이가 바스러질 때까지 그 녀석을 두들겨 패줄 것입니다."

"심각하게 생각하지 마라, 돈 카밀로."

예수님이 위로를 해주었다.

"그건 어린애 같은 짓이다. 그보다 더 심한 소리도 듣지 않았느냐!"

"사제를 부두의 하역 노동자로 부르는 것은 좋지 않습니다."

돈 카밀로가 항의했다.

"게다가 딱 들어맞는 별명입니다. 사람들이 알게 되면 평생토록 등 뒤에서 그렇게 부를 것입니다."

"너는 튼튼한 어깨를 가지고 있다, 돈 카밀로."

예수님이 미소를 지으며 위로해주었다.

"나는 너와 같은 어깨도 없으면서 십자가를 지고 옮겨야 했다. 그래도 난 아무도 때리지 않았다."

돈 카밀로는 예수님의 말이 옳다는 생각이 들었다. 그렇다고 완전히 순종한 것은 아니었다. 그날 저녁 그는 잠자리에 들지 않고 으슥한 곳에 웅크리고 앉아 끈기 있게 기다렸다. 새벽 2시 무렵 한 녀석이 성당 뜰에 나타나더니 양동이를 땅바닥에 내려놓고 붓으로 사제관 벽에 신중하게 작업을 하기 시작했다. 하지만 'ㄷ'자도 채 끝나기 전에 돈 카밀로는 그의 머리에 양동이를 뒤집어씌우고 호되게 발로 걷어차 쫓아버렸다.

아닐린 염료는 정말로 고약한 것이었다. 아닐린 염료를 머리에 뒤집어쓴 지곳토(그는 페포네의 심복 부하 중 하나였다)는 3일 동안이나 집 안에 틀어박혀 세상의 온갖 세척제로 얼굴을 씻어내야만 했다. 그러고는 일터로 나가지 않을 수 없었다. 하지만 소문은 이미 퍼져 있었고 사람들은 곧바로 '빨간 피부'라는 별명을 붙여주었다.

돈 카밀로는 불난 데다 오히려 부채질을 해댔다. 그래서 화가 난 지곳토는 빨간색에서 푸른색으로 바뀔 지경이었다. 그러던 어느 날 저녁 의사를 방문하고 집으로 돌아오던 돈 카밀로는 누군가가 문 손잡이에다 더러운 오물을 칠해놓은 것을 깨달았다. 하지만 그것을 깨달았을 때에는 이미 너무 늦었다. 그러자 돈 카밀로는 이러쿵저러쿵 말 한마디 없이 술집으로 지곳토를 찾아갔다. 그러고는 코끼리의 눈앞이 캄캄해질 정도로 한 대 올려붙여 지곳토의 얼굴에다 손잡이의 오물을 발라주었다.

으레 그렇듯이 그런 일은 곧바로 서로의 술책으로 빠지게 마련이었다. 결국 지곳토는 대여섯 명의 동료와 함께 달려들었고, 돈 카밀로는 기다란 의자를 들어 휘두르지 않을 수 없었다.

그러니 바로 그날 밤 누군가가 사제관 문 앞에서 폭죽을 터뜨려 불꽃놀이를 한 것도 당연한 일이었다.

돈 카밀로가 휘두른 의자에 맞은 여섯 명은 화가 나서 길길이 날뛰었고 술집에서 미친 듯이 고함을 쳐댔다. 마치 불이라도 지를 기세였다. 사람들은 걱정에 싸이게 되었다.

결국 어느 날 아침 돈 카밀로는 황급히 도시로 가야만 했다. 교구의 주교가 그를 불렀기 때문이었다.

주교는 나이 많은 노인이었고 허리가 구부정했다. 돈 카밀로의 얼굴을 바라보기 위해서는 고개를 위로 들어야만 했다.

"돈 카밀로."

주교가 말했다.

"자네는 병이 들어 있어. 아름다운 산 속의 작은 마을에서 몇 달 동안 휴양을 하는 것이 좋겠어. 그래, 맞아. 푼타롯사의 교구 신부가 돌아가셨지. 자넨 한 번 여행으로 두 가지 일을 할 수 있을 거야. 그 교구를 재정비해줄 겸 자네 건강도 회복하는 게 좋을 거야. 그런 다음에 장미처럼 신선한 모습으로 다시 내려오게. 자네 대신으로는 돈 피에트로 신부가 갈 것이네. 그 젊은 신부는 자네 대신 일을 잘할 걸세. 그래, 만족스러운가, 돈 카밀로?"

"아닙니다, 주교님. 하지만 주교님께서 원하신다면 떠나겠습니다."

"그래 훌륭하다."

주교가 말했다.

"마음에 들지 않는 일도 아무런 이의 없이 받아들이는 것을 보니 자네의 수양은 아직도 칭찬할 만하군."

"주교님, 그런데 만약 마을에서 제가 두려워서 도망쳤다고 말해도 괜찮겠습니까?"

"아니야."

늙은 주교는 미소를 지으면서 대답했다.

"세상에서 그 누구도 돈 카밀로가 두려워한다고 절대로 생각하지 않을 것이네. 하느님과 함께 가거라, 돈 카밀로. 그리고 의자는 절대 들지 않도록 하라. 그것은 그리스도교인이 할 짓이 아니다."

마을에서는 금세 소문이 퍼졌다. 페포네는 특별 소집 회의 석상에서 직접 그 소식을 전했다.

"돈 카밀로가 떠나게 되었소."

페포네가 발표했다.

"처벌을 받아서 산골짜기 마을의 악마가 나오는 집으로 가게 되었소. 내일 오후 세 시에 떠납니다."

"잘되었다! 산꼭대기에서 복장이 터질 거다."

모두 한 목소리로 외쳤다.

"결국 이렇게 끝나게 되어서 잘됐소. 그 자는 마치 교황이라도 되는 것처럼 행동했소. 만약 그대로 남아 있었더라면 당연히 한번 혼을 내주었어야 했는데 이제는 그런 수고를 덜게 되었소!"

페포네가 소리쳤다.

"개처럼 쫓겨나야 합니다!"

브루스코가 소리쳤다.

"사람들에게 내일 두 시에서 세 시 반까지 길거리에 돌아다녔다가는 혼이 날 것이라고 알려야겠습니다."

떠날 시간이 왔다. 돈 카밀로는 짐을 꾸린 후 제단 위의 예수님께 인사를 하러 갔다.

"함께 모시고 가지 못해서 죄송합니다."

돈 카밀로가 한숨을 쉬었다.

"난 항상 너와 함께 있을 것이다. 안심하고 떠나거라."

예수님이 대답했다.

"제가 정말로 변경으로 쫓겨날 정도로 커다란 잘못을 저질렀습니까?"

돈 카밀로가 물었다.

"그렇다."

"그렇다면 모두들 저를 미워하는군요."

돈 카밀로는 한숨을 쉬었다.

"그래, 모두들 그렇다."

예수님이 대답했다.

"그런데 페포네는 비록 너와는 적이지만 단지 네가 한 일에 대해서만 비난하고 있다."

"그것도 역시 옳습니다."

돈 카밀로는 순순히 인정했다.

"그렇다면 제가 절 때리겠습니다."

"손을 그대로 두어라, 돈 카밀로. 그리고 좋은 여행을 하거라."

공포감이 도시에서 90의 속도로 퍼진다면 시골에서는 180의 속도로 퍼지는 법이다. 마을의 길거리는 그야말로 황량했다. 돈 카밀로는 마차에 올라탔다. 그리고 나무들 사이로 종탑 꼭대기가 멀리 사라졌을 때 돈 카밀로의 마음은 씁쓸한 심정으로 가득 찼다.

지방선 열차는 정거장마다 모두 멈추어 섰다. 돈 카밀로의 마을에서 6킬로미터 정도 떨어져 있는, 집이 서너 채뿐인 마을 보스켓토에서도 멈추었다. 그런데 그곳에서 돈 카밀로는 갑자기 열차 안으로 우르르 몰려든 사람들 때문에 창가로 밀려나게 되었다. 그러고는 구름같이 몰려든 사람들 앞에 서게 되었는데 그들은 모두들 손을 흔들며 꽃을 던지기도 했다.

"페포네의 부하들이 만약 신부님이 떠날 때 마을에 얼씬거렸다가는 몽둥이로 두들겨팬다고 했습니다."

스트라다룽가의 농장 주인이 설명했다.

"그래서 곤란한 일을 피하기 위해 모두들 이곳으로 전송하러 나왔습니다."

돈 카밀로는 뭐가 뭔지 알 수가 없었고 귓속 가득히 함성밖에 들리지 않았다. 기차가 다시 움직이기 시작했을 때 그는 차 안이 꽃다발, 포도주 병, 선물 꾸러미, 상자들로 가득 차 있는 것을 발견했다. 선반 위에는 발이 묶인 암탉들이 푸드덕거리고 있었다.

하지만 그의 가슴속에는 가시 하나가 걸려 있었다.

"그러니까 다른 사람들은 정말로 나를 미워한단 말인가! 이렇게까지! 날 쫓아내는 것으로도 충분하지 않은가?"

10여 분 후 기차는 읍의 마지막 마을인 보스코플란케에 멈추어 섰다. 거기서 돈 카밀로는 누군가 부르는 소리를 들었다. 그래서 창 밖을 내다보니 읍장 페포네와 읍의원 전원이 모여 있었다. 읍장 페포네는 이렇게 연설을 했다.

"신부님께서 우리 읍의 구역을 벗어나기 전에 우리는 주민의 인사를 전해드리고 싶습니다. 아울러 신부님의 건강이 신속히 회복되어서 빨리 돌아와 신부님의 영혼의 사명을 완수하시기를 간절히 바라는 바입니다."

그러더니 기차가 서서히 움직이는 동안 페포네는 정중한 몸짓으로 모자를 벗어 들었다. 돈 카밀로도 모자를 벗어 들었다. 모자를 흔들면서 동상처럼 오랫동안 창밖으로 몸을 내밀고 있었다.

푼타롯사의 성당은 산꼭대기에 있었다. 그곳은 마치 그림 엽서처럼 보였다. 그곳에 도착하자 돈 카밀로는 소나무 냄새가 배어 있는 공기를 가슴 깊이 들이마셨다.

그리고 만족한 심정으로 소리쳤다.

"이곳에서 잠시만 쉬면 모든 것이 깨끗해지겠지. 그러면 곧바로 우리의 영혼의 사명으로 되돌아갈 수 있겠지."

그는 진지하게 그런 말을 했다. 정말로 페포네가 한 그 말은 키케로의 연설을 모두 모아놓은 것보다도 더 훌륭하게 생각되었기 때문이었다.

고향으로의 귀환

돈 카밀로가 정치적 휴양을 하는 동안 교구를 관리하기 위해 파견된 신부는 섬세하고 자그마한 젊은이였다. 그는 자기 자신의 일을 완벽하게 알았으며, 단어들의 포도밭에서 갓 따 온 것처럼 아주 깨끗하고 부드러운 말로 예의바르게 말을 했다. 물론 자기가 임시적인 관리 임무를 띠고 있다는 사실을 알았지만, 다른 사람의 집에서 머무는 데에 필요한 몇 가지 조그마한 개혁을 교회에 가했다.

여기에서 동일한 비교를 할 수는 없지만 마치 여관에서 하룻밤 묵는 것과 마찬가지였다. 누구든지 여관에서 하룻밤만 지낸다는 것을 알면서도 왼쪽에 있던 탁자를 오른쪽으로 옮기고 오른쪽에 있던 의자를 왼쪽으로 옮기지 않을 수 없는 것과 같다. 우리들 각

자는 색깔이나 물건들에 대해 자기 나름대로의 균형 감각과 미적 감각을 갖고 있기 때문이다. 그래서 가능하면 그것을 방해하는 균형을 재정비하지 않을 수 없는 경우에는 그런 수고를 하게 된다.

실제로 새로 온 신부가 미사를 집전한 첫 번째 일요일에 사람들은 두 가지 중요한 변화를 발견했다. 제단 왼쪽 난간 둘째 계단 위에 있던 꽃무늬 장식의 커다란 촛대가 오른쪽 어느 성자의 초상화 앞으로 옮겨져 있었다. 그 성자의 초상화 역시 전에 없던 것이었다.

새로 온 신부를 보고 싶은 호기심에 마을 사람들이 모두 미사에 참석했다. 페포네와 다른 빨갱이 우두머리들도 맨 앞줄에 앉아 있었다.

"저것 보았어요? 새로운 개혁인데요!"

브루스코가 옮겨놓은 촛대를 가리키며 냉소하듯이 페포네에게 말했다.

"흐음!"

아주 신경이 날카로워진 페포네가 투덜거렸다. 신부가 의례적인 설교를 하기 위해 난간으로 가까이 다가갈 때까지는 그래도 날카로운 신경으로 그대로 앉아 있었다.

그러나 신부가 채 설교를 시작하기도 전에 페포네는 더는 참지 못하고 벌떡 일어났다. 그는 뚜벅뚜벅 오른쪽으로 걸어가더니 촛대를 움켜쥐고 왼쪽으로 가져갔다. 그리고 난간 앞의 둘째 계단

위 옛날 자리에 잘 세워놓았다.

그러고 나서 맨 앞줄 가운데 자리로 돌아가 팔짱을 끼고 두 다리를 쩍 벌리고 서더니 당당하게 신부를 쳐다보았다.

"잘했다!"

반동분자들까지 포함하여 신자들 모두가 중얼거렸다.

깜짝 놀라 입을 벌린 채 페포네의 행동을 지켜보던 신부는 얼굴이 창백해졌다. 어물거리면서도 설교를 끝마친 신부는 다시 제단으로 돌아가 미사를 마쳤다.

신부가 성당 밖으로 나오자 페포네와 그의 부하들이 그를 기다리고 있었다. 성당 뜰에는 사람들로 가득했는데 모두들 말없이 기분이 상한 모습이었다.

"이봐요, 말 좀 해주시오. 돈…… 돈…… 뭐라고 불러야 할지."

페포네가 커다란 목소리로 물었다.

"당신이 제단 오른쪽 기둥 위에 붙여놓은 그 새 얼굴은 도대체 누구요?"

"카쉬아의 성녀 리타요……."

신부가 더듬거렸다.

"이 마을에서는 카쉬아의 성녀 리타나 뭐 그런 것은 전혀 필요가 없소."

페포네가 단호하게 말했다.

"여기에서는 모든 게 옛날 그대로가 좋단 말이오."

"나는 그것이 내 권리라고 믿고 있습니다."

신부가 두 팔을 벌리며 항의를 하려고 했다. 그러나 페포네가 중간에서 말을 가로막았다.

"아하, 당신은 그렇게 생각한단 말이오? 그렇다면 분명하게 말해둡시다. 여기에서는 당신과 같은 사제들은 필요가 없단 말이오."

젊은 신부는 숨이 막혀옴을 느꼈다.

"내가 무엇을 잘못했는지 알 수가 없소……."

"무엇을 잘못했는지 내가 말해주겠소!"

페포네가 소리쳤다.

"당신은 우리 법의 테두리를 벗어나 있단 말이오. 당신은 이 교구의 실질적인 책임자가 인민의 뜻에 따라서 세워놓은 질서를 깨뜨리려고 했단 말입니다!"

"잘한다!"

반동분자들을 포함하여 군중이 모두 찬성했다.

신부는 미소를 지으려고 애를 썼다.

"단지 그것뿐이라면 모든 걸 전처럼 되돌려놓겠습니다. 그러면 되겠지요. 그렇지 않습니까?"

"아니오!"

페포네는 모자를 뒤로 젖히고 커다란 주먹을 허리에 갖다 대면서 대답했다.

"그건 왜 그렇지요?"

마침내 페포네는 점잖게 말하려던 모든 자제력을 잃어버렸다.

"좋소. 정말로 알고 싶다면 말해드리지. 안 되는 이유는, 만약 내가 한 방 갈기더라도 실질적인 책임자인 전임 신부는 단 1센티미터도 움직이지 않았는데, 당신은 단 한 방에 50미터는 날아갈 것이기 때문이오!"

페포네는 자기가 한 대 때리면 돈 카밀로는 여덟 대로 갚는다는 말은 하지 않는 게 좋으리라 생각했다. 간단하게 말했지만 모두에게 뜻은 정확히 전달되었다. 단지 젊은 신부만은 깨닫지 못했다. 그는 겁먹은 표정으로 페포네를 쳐다보았다.

"미안합니다만, 무엇 때문에 절 때리려고 합니까?"

페포네는 완전히 인내심을 잃었다.

"아니, 누가 당신을 때린다고 했소? 당신도 역시 우리 공산당에게 시비를 걸려는 거요? 나는 단지 명확히 설명을 하기 위해서 비교를 했을 뿐이오! 차차 알게 되겠지만 나는 당신 같은 임시 신부한테는 주먹을 날리지 않는단 말이오!"

'임시 신부'라는 말을 듣자 젊은 신부는 1미터 60센티밖에 되지 않는 키로 꼿꼿하게 서서 목에 핏대를 세웠다.

"임시건 아니건 간에, 교회 당국에서 나를 여기 보냈소. 그러니 성직 당국이 원할 때까지 난 여기 남아 있을 것이오. 이 안에서는 당신과 같은 사람이 명령을 내리는 것이 아니오! 성녀 리타의 초상화는 지금 그 자리에 있을 것이고, 촛대에 대해서는 내가 어떻게 하는지 두고 보시오!"

신부가 날카로운 목소리로 말했다.

그러더니 성당 안으로 들어갔다. 그는 자기 몸무게만큼이나 무거운 촛대를 당당하게 움켜잡고는 숨을 헐떡이며 간신히 왼쪽의 새 초상화 앞으로 옮겨놓았다.

"자, 보시오."

신부는 당당하게 말했다.

"그렇다면 좋소!"

성당 문 앞에서 그 광경을 바라보던 페포네가 대답했다.

페포네는 성당 뜰에 모여 말없이 노려보던 사람들을 향해 몸을 돌리더니 소리쳤다.

"인민들은 자신의 의견을 말할 것이오! 모두들 읍사무소로 가서 항의 시위를 합시다!"

"좋습니다!"

사람들이 소리쳤다.

페포네는 사람들을 헤치고 맨 앞에 섰다. 사람들은 무리를 짓더니 고함을 지르고 손을 흔들면서 그의 뒤를 따랐다.

읍사무소 앞 광장에 이르자 고함 소리는 더욱더 커졌다. 페포네도 역시 읍사무소의 회의실을 향하여 주먹을 쳐들면서 고함을 질렀다.

"페포네, 하느님이 벼락을 내리겠소! 고함 좀 그만 지르시오! 당신이 바로 읍장이라는 것을 잊었단 말이오!"

브루스코가 그의 귀에 대고 소리쳤다.

"이런 제기랄……. 그 망할 놈의 신부가 날 화나게 만들 때면 전혀 정신이 없단 말이야!"

페포네가 고함을 질렀다.

그는 발코니로 달려 올라가 얼굴을 내밀었다. 반동분자들까지 포함하여 사람들이 모두들 환호했다.

"동지 여러분, 읍민 여러분!"

페포네가 소리쳤다.

"우리는 자유로운 인간으로서 우리의 권위를 모독하는 이러한 횡포를 참을 수가 없습니다. 우리는 가능한 한도까지는 질서와 법의 테두리 안에서 행동할 것입니다. 하지만 마지막에는 대포를 쏘며 싸울 준비가 되어 있습니다! 우선 내가 임명하는 대표가 나와 함께 교회 당국에 가서 인민의 의사를 민주적으로 전할 것을 제의합니다!"

"좋습니다!"

사람들은 자신들의 '의사'가 단일한 의견으로 받아들여지기를 바라는 마음에서 휘파람을 불며 고함을 질렀다.

"페포네 읍장 만세!"

대표단을 이끌고 주교 앞에 섰을 때 페포네는 말을 꺼내기가 무척 어려웠다. 그러다가 마침내 용기를 냈다.

"주교님, 주교님께서 우리에게 보내주신 신부는 우리 읍의 전통에는 어울리지 않는 사람입니다."

주교는 고개를 들고 페포네의 얼굴을 쳐다보았다.

"자, 말해보아요. 그가 무슨 일을 저질렀지?"

페포네는 두 팔을 벌렸다.

"아니, 천만에요! 아무것도…… 심각한 일을 저지르지는 않았지요……. 오히려 아무 일도 하지 않았습니다……. 그러니까 문제는, 말하자면…… 주교님, 아직 모자란 사람입니다……. 말하자면 그렇게 작아서 연설을 하기에는 어울리지 않습니다……. 그 사람이 옷을 걸치고 있으면, 마치 옷걸이에다 세 벌의 겨울 옷과 커다란 외투를 걸쳐놓은 것 같습니다."

늙은 교주는 심각하게 머리를 끄덕였다.

"하지만 여러분은 사제들의 가치를 키와 몸집으로 평가하나요?"

주교는 아주 점잖게 말했다.

"아닙니다, 주교님."

페포네가 대답했다.

"우리는 절대 그런 야만인이 아닙니다! 문제는, 말하자면, 눈도제 자리가 있는 법인데 특히 이런 종교 문제에서는 마치 의사와 같습니다. 도덕적인 믿음을 제시해주기 위해서는 신체적으로도 호감을 주는 것이 매우 중요합니다!"

늙은 주교는 한숨을 쉬었다.

"알겠소, 알겠어요. 여러분 사정을 잘 알아요. 하지만 여러분들은 탑처럼 커다란 신부와 함께 지냈는데, 바로 여러분들이 직접 나한테 와서 그 사람을 쫓아내달라고 부탁하지 않았소?"

페포네는 머리를 긁적거렸다.

"주교님, 그것은 일종의 전쟁 상태였습니다. 소위 아주 특수한 상황이었단 말입니다. 인간으로서 그 사람은 범죄 집단과 같았기 때문이었습니다. 독재자처럼 시비를 걸고 머리통을 갈겨 쓰러뜨렸다는 의미에서 말입니다."

페포네는 엄숙하게 설명했다.

"알겠네, 알겠어."

주교가 말했다.

"그건 지난 번에도 이미 나한테 말했고, 지금은 알다시피 그를 보내지 않았소? 바로 성실하지 못한 사람이라고 생각했기 때문에……."

"미안합니다만 잠깐만요!"

브루스코가 가로막고 나섰다.

"우리는 그가 성실하지 못한 사람이라고는 절대 말하지 않았습니다!"

"불성실한 사람이 아니라면, 돈 카밀로는 사제로서 자격이 없는 사람이오. 왜냐하면······."

늙은 주교가 계속해서 말했다.

"저, 잠깐 미안합니다."

이번에는 페포네가 끼어들었다.

"우리는 그가 신부로서 자기 임무를 제대로 하지 않았다고 말씀 드린 적도 없습니다. 우리는 단지 그의 심각한 결점과 인간으로서의 심각한 실수에 대해서만 말씀드렸던 것입니다."

"바로 그 점이오."

늙은 주교가 결론적으로 말했다.

"불행하게도 신부와 그의 인간성은 서로 동일해야 하기 때문에, 또한 인간으로서 돈 카밀로는 이웃에게 위험한 존재이기 때문에, 바로 우리는 그에 대한 결정적인 조치를 고려하고 있는 중이오. 현재로서는 푼타롯사의 양 떼와 함께 거기 그대로 놔둘 참이오. 아직은 성직을 계속하도록 허용할 것인지 아니면 성직을 그만두게 할 것인지 결정이 되지 않았기 때문에 그대로 놔두는 것이오. 두고 보아야지요."

페포네는 대표단들과 잠시 동안 의논을 했다. 그러고는 다시 몸을 돌렸다.

"주교님."

그는 나지막한 목소리로 말했다. 억지로 낮은 목소리로 말을 하자니 얼굴이 창백해지고 땀이 흘러 내렸다.

"교회 당국에서 특별한 이유가 있어서 그렇게 하는 것이라면 그야 당연하겠지요. 하지만 저로서는 우리 교구의 실질적인 책임자가 돌아올 때까지는 아무도 성당에 나가지 않을 것이라는 사실을 말씀드려야 할 의무가 있습니다."

늙은 주교는 두 팔을 벌렸다.

"이봐요."

그는 놀라서 소리쳤다.

"여러분은 이렇게 말하는 것이 얼마나 심각한지 알고 있소? 이것은 강요란 말이오."

"주교님."

페포네가 설명했다.

"우리는 강요하지 않습니다. 모두들 자진해서 집에 머물러 있을 거란 말입니다. 강제로 성당에 나가게 하는 법률은 없습니다. 단지 민주주의적인 자유를 행사하는 것이지요. 어떤 신부가 좋은지 아닌지 유일하게 평가를 내릴 수 있는 것은 바로 우리들 자신입니다. 우리는 거의 20년 동안이나 그 신부와 가까이 있었으니까요."

"백성의 소리는 바로 하느님의 소리로."

늙은 주교는 한숨을 쉬었다.

"하느님의 뜻대로 이루어지소서. 그렇다면 당신들의 그 신부를 다시 데려오도록 하시오. 하지만 나중에 와서 너무 난폭하다고 나한테 불평하지는 마시오?"

페포네가 웃었다.

"주교님! 우리는 분명히 돈 카밀로와 같은 사람의 힘 자랑을 겁내지는 않습니다. 지난 번에 그렇게 했던 것은 단순히 정치적 사회적 예방 조치 때문이었습니다. '빨간 피부'가 돈 카밀로의 머리에 폭탄을 터뜨리는 것을 피하기 위해서였습니다."

"빨간 피부가 누구요?"

주교가 묻자 지곳토가 화가 나서 대꾸했다. 바로 돈 카밀로가 아닐린 염료를 뒤집어씌우고 의자를 휘둘러 혼이 난 사람이었다.

"나는 폭탄을 터뜨릴 생각은 하지 않았소. 단지 아무리 존경하는 신부님이지만 순순히 의자로 머리를 맞고만 있지는 않는다는 것을 알려주기 위해 문 앞에서 폭죽을 터뜨렸을 뿐이오."

"아하, 자네가 바로 폭죽을 터뜨린 사람이로구먼?"

주교는 무관심한 표정으로 물었다.

"네, 주교님."

지곳토가 투덜거렸다.

"어찌 된 일인지 주교님도 알고 계시겠지요. 누구든지 의자로 머리통을 맞으면 어리석은 일을 저지르게 마련이지요."

"물론 그렇고말고."

나이가 많아 사람들을 잘 다룰 줄 아는 주교가 웃으며 대답했다.

돈 카밀로는 열흘 후에 돌아왔다.

"안녕하십니까? 휴가는 잘 보내셨습니까?"

역에서 나오는 돈 카밀로를 길거리에서 만난 페포네가 물었다.

"글쎄, 저 위에서는 즐거운 일이 거의 없더군. 다행히도 카드가 있어서 그걸로 한가한 시간을 보냈지."

돈 카밀로가 대답했다.

그러면서 주머니에서 한 움큼의 카드를 꺼냈다.

"그런데 이젠 필요 없게 되었어."

그러고는 미소를 지으면서 마치 빵 껍질을 쪼개듯이 부드럽게 둘로 쪼개어버렸다.

"이젠 우리도 늙어가는 모양이오, 읍장 나리."

돈 카밀로는 한숨을 쉬었다.

"당신을 돌아오게 한 사람이나 당신이나 모두 벼락을 맞을 것이오!"

페포네는 중얼거리더니 우울한 얼굴로 가버렸다.

돈 카밀로는 제단 위의 예수님께 해줄 이야기가 한 보따리나 되었다. 한참 동안이나 수다를 떨더니 마침내 예수님께 물었다.

"저 대신 온 신부는 어떤 사람이었습니까?"

그는 무관심한 척하며 물었다.

"교양도 있고 고상한 마음을 가진 훌륭한 청년이었지. 누군가

자기를 즐겁게 해주면 그 앞에서 카드 뭉치나 쪼개는 불손한 행동으로 감사를 하는 사람은 아니었어."

"예수님."

돈 카밀로가 두 팔을 벌리며 말했다.

"하지만 여기서는 아무도 그를 즐겁게 해주지 않았습니다. 그리고 사람에 따라서는 그런 식으로 감사를 해야 할 필요도 있습니다. 저와 내기를 걸어도 좋습니다. 지금쯤 페포네는 자기 패거리들을 모아놓고, '알겠어? 그 개 같은 녀석이 글쎄 카드 뭉치를 이렇게 좍좍 쪼개버렸단 말이야' 하고 말하고 있을 것입니다. 속으로는 흐뭇해하면서도 그렇게 말할 겁니다. 저하고 내기를 걸겠습니까?"

"아니다."

예수님이 한숨을 쉬면서 대답했다.

"아니야. 왜냐하면 페포네가 지금 막 그런 말을 하고 있으니까."

패배

거의 1년 동안이나 지속되어온 날카로운 대립은 돈 카밀로의 승리로 끝났다. 페포네가 추진하는 '인민의 집'이 채 완성되기 전에 카밀로가 자신의 '민중 휴양소'를 먼저 완성시켰던 것이다.

민중 휴양소는 아주 훌륭한 시설을 자랑했다. 공연, 회의 등을 위한 대집회실, 공부방이 딸린 소규모 도서관, 겨울 운동과 운동 연습을 위한 실내 체육관이 들어 있었다. 그 외에도 운동장, 트랙, 수영장, 목마와 그네가 있는 어린이 놀이터 등등이 설치된 널찍한 공간이 딸려 있었다. 이것들 모두가 기껏해야 초보적인 상태에 지나지 않았다. 하지만 모든 일에서 중요한 것은 바로 시작이었다.

완성 축하식을 위하여 돈 카밀로는 멋진 계획을 준비했다. 합창, 운동 경기, 그리고 축구 시합이었다. 물론 돈 카밀로는 일찍감치 놀라운 축구 팀을 만들어놓았다. 그리고 거기에 얼마나 정열을 쏟았던지 8개월 동안의 훈련이 끝난 뒤 계산을 해보니, 돈 카밀로 혼자서 열한 명 선수들에게 발길질한 숫자가 열한 명의 선수가 단 하나의 공에 발길질을 한 수를 다 합한 것보다 더 많을 정도였다.

페포네는 이 모든 것을 알고 있었으며 쓰라린 분노를 짓씹었다. 진정한 인민의 대표인 공산당이 인민의 이름으로 돈 카밀로와 벌인 경쟁에서 진다는 것은 절대로 참을 수 없는 일이었다. 더군다나 돈 카밀로가 "마을의 가장 무식한 사회 계층에 대한 동정심"을 보여주기 위해 너그러운 마음으로 자신의 '돌풍' 팀이 페포네의 '번개' 팀과 겨루는 것을 허용해줄 셈이라고 전했을 때 페포네는 얼굴이 창백해질 지경이었다. 페포네는 곧바로 지구당 축구 팀의 선수 열한 명을 소집하여 담 앞에 차려 자세로 세워놓고 이렇게 연설을 했다.

"여러분은 신부의 팀과 겨루게 되었다. 꼭 이겨야 한다. 아니면 모두의 얼굴을 묵사발로 만들어놓을 것이다! 멸시당한 인민의 명예를 걸고 당의 이름으로 승리를 명령한다!"

"꼭 승리하겠습니다!"

열한 명의 선수들이 무서워서 땀을 흘리며 대답했다.

그 소식을 듣자 돈 카밀로는 '돌풍' 팀의 선수들을 모아놓고 한마디 연설을 했다.

"여기 모인 우리는 저 사람들처럼 거칠고 야만스러운 사람들이 아니다."

그는 미소를 지으며 결론적으로 말했다.

"그러니 현명한 신사답게 말하겠다. 하느님의 도움으로 우리는 그들을 6 대 0으로 이길 것이다. 나는 위협 따위는 하지 않겠다. 나는 단지 우리 교구의 명예는 여러분의 손에, 아니 여러분의 다리에 달려 있다는 것을 말해두고 싶다. 각자가 훌륭한 주민으로서의 의무를 다해주기 바란다. 물론 마지막 땀 한 방울까지 최선을 다하지 않는 녀석이 있다면, 나는 절대 페포네처럼 얼굴을 묵사발로 만드는 비극을 만들지는 않는다! 다만 나는 발길로 엉덩이를 걷어차서 가루로 만들어주겠다!"

완공 축하식에는 마을의 전 주민이 참석했다. 페포네는 눈부시게 빨간 손수건을 머리에 묶고 모든 부하들과 함께 참석했다. '전 주민의 읍장'으로서 그는 돈 카밀로의 제1보를 축하했지만, '특히 인민의 대표자'로서는 그 제1보가 이미 몇몇 소문이 도는 것처럼 부당하게 정치적 선전 목적으로 이용될 게 분명하다고 주장했다.

합창이 진행되는 동안 페포네는 브루스코에게 노래도 폐의 기능을 발달시켜주므로 결국은 일종의 스포츠라고 논평을 했다. 그러자 브루스코는 아주 의젓한 태도로 자기 생각에는 폐의 기능뿐만 아니라 팔의 근육을 발달시킬 수 있도록 그에 적합한 행동을 곁들여 노래를 하면 가톨릭 젊은이들의 체력이 아주 효율적으로 개선될 것이라고 언급했다.

농구 경기가 진행되는 동안 페포네는 진지한 표정으로 고리 던지기 놀이도 역시 운동적 가치 이외에 아주 우아한 경기라고 말했으며, 그런 고리 던지기 경기가 프로그램에 포함되지 않은 것이 정말 놀랍다고 말했다.

이러한 논평은 7백 미터까지 쉽게 들릴 정도로 아주 교묘하게 표현되었으므로, 돈 카밀로는 목덜미에 두 개의 굵은 회초리 같은 핏발이 섰다. 따라서 말할 수 없이 초조한 심정으로 축구 시합 시간이 되기를 기다렸다. 그때는 직접 행동으로 보여줄 것이다.

마침내 시합의 순간이 다가왔다. 돌풍 팀의 선수 열한 명의 가슴에는 하얀 셔츠 위에 검은색으로 커다랗게 'ㄷ' 자가 씌어 있었고, 번개 팀의 선수 열한 명은 멋들어지게 'ㅂ' 자가 수놓이고 낫과 망치와 별이 그려진 붉은 셔츠를 입고 있었다.

사람들은 그러한 상징에 휘파람을 불며 환호했고 나름대로 자기 팀을 응원했다.

"페포네 만세!"

"돈 카밀로 만세!"

페포네와 돈 카밀로는 서로를 노려보았다. 그러고는 고개를 가볍게 까닥하며 아주 정중하게 인사를 했다.

심판은 시계점 주인 비넬라였는데 그는 태어날 때부터 정치하고는 담을 쌓은 완전히 중립적인 사람이었다. 경기가 시작된 지

10여 분 후에 송장처럼 새하얗게 질린 경찰 책임자가 똑같이 하얗게 질린 경관 두 명을 데리고 페포네에게 다가왔다.

"읍장님."

그는 더듬거리며 말했다.

"도시로 전화를 해서 증원군을 부르는 것이 좋지 않을까요?"

"원하신다면 1개 사단 정도 불러도 좋소. 하지만 저 '돌풍'의 백정놈들이 저렇게 거친 경기를 그만두지 않는다면, 사망자들이 3층 높이까지 쌓이는 것을 아무도 막을 수가 없을 것이오! 국왕 폐하께서도 그걸 막지 못할 겁니다! 알아듣겠소?"

페포네는 흥분한 나머지 심지어 공화국이 되어 국왕이 없어졌다는 사실마저 잊어버리고 소리쳤다.

경찰 책임자는 거기서 1미터 정도 떨어진 곳에 있던 돈 카밀로에게로 갔다.

"신부님께서는, 구원병을……."

그는 더듬거렸다. 하지만 돈 카밀로는 중간에서 가로막았다.

"내 생각으로는 저 볼셰비키 놈들이 정강이를 걷어차는 짓을 그만두지 않는다면, 미국이 직접 개입한다 해도 여기가 피바다가 되는 것을 막을 수 없을 것이오!"

"알겠습니다."

경찰 책임자가 말했다.

그는 경관 두 사람과 함께 막사로 가서 바리케이트를 쳤다. 이 경기가 끝나고 나면 사람들이 경찰 막사를 불태우려고 몰려들 것임을 잘 알고 있었기 때문이었다.

첫 번째 골은 돌풍 팀이 기록했다. 종탑이 흔들릴 정도로 함성이 일었다. 페포네는 험악한 얼굴로 돈 카밀로를 향해 몸을 돌리고 당장이라도 덤벼들 듯이 주먹을 움켜쥐었다. 돈 카밀로도 경계 태세로 들어갔다. 금방이라도 싸움이 벌어질 기세였다. 하지만 돈 카밀로는 사람들이 갑자기 조용해지면서 모든 눈길이 자기와 페포네에게 쏠려 있는 것을 곁눈질로 보았다.

"우리가 지금 싸운다면 여기서 금방 전쟁이 터질 거야."

돈 카밀로가 이를 악물고 말했다.

"좋소. 인민을 위해서 참겠소."

페포네가 자세를 풀면서 대답했다.

"나는 그리스도교 신앙을 위해서 참지."

돈 카밀로가 말했다.

그래서 아무 일도 일어나지 않았다. 전반전이 끝나자 페포네는 곧바로 선수들을 불러모았다.

"이 파시스트 녀석들!"

그는 역겨움이 가득 찬 목소리로 말했다.

그러고는 센터포드인 스밀초의 목덜미를 움켜잡았다.

"이 더러운 배반자야, 잘 기억해라! 우리가 산 속에 있을 때 내가 널 세 번이나 구해주었다는 걸 잘 기억하라구! 만약 5분 안에 골을 넣지 못하면 이번에는 진짜로 네 껍질을 벗겨버리겠다!"

스밀초는 후반전이 시작되자 공을 잡았다. 그는 머리로, 다리로, 무릎으로, 엉덩이로 미친 듯이 달려들었다. 심지어는 축구공을 물어뜯기도 했고, 허파가 튀어나오고 간장이 찢어지는 것 같았다. 그러다가 마침내 4분 만에 골을 넣었다.

그리고 나서 그는 땅바닥에 쓰러져 움직일 줄을 몰랐다. 돈 카밀로는 불상사를 피하기 위해 운동장 맞은편으로 가 자리를 잡았다. 돌풍 팀의 골키퍼는 겁에 질려 얼굴이 새하얗게 되어 있었다.

번개 팀은 이제 철벽 수비를 펼쳤고 그 수비의 벽을 뚫을 방도가 없었다. 경기 종료 30초 전에 심판은 호각을 불어 파울을 선언했다. 돌풍 팀의 파울로 페널티 킥이 선언되었다.

공이 날았다. 자모라 같은 골키퍼라도 그러한 공은 막을 수 없었을 것이다. 득점 골이었다.

이제 경기는 완전히 끝났다. 페포네 부하들의 유일한 임무는 선수들을 보호하여 무사히 본부까지 호송하는 일이었다. 심판은 완전히 비정치적인 사람이므로 별 일이 없을 것이다.

돈 카밀로는 도대체 어떻게 된 일인지 알 수가 없었다. 그는 성당으로 달려가 제단 앞에 무릎을 꿇었다.

"주님, 왜 저를 도와주시지 않았습니까? 저는 졌습니다."

"아니 무엇 때문에 너는 도와주고 다른 사람은 도와주지 않아야 한단 말이냐? 너의 팀도 다리가 스물두 개, 상대방도 다리가 스물두 개가 아니냐. 돈 카밀로, 모든 다리는 서로 평등하다. 나는 다리에 대해서는 신경을 쓰고 싶지 않다. 나는 단지 영혼에만 관심이 있다. 육체의 문제는 지상에 맡길 뿐이다. 그래, 돈 카밀로, 아직도 정신을 차리지 못하겠느냐?"

"어렵기는 하지만 이제 정신은 들었습니다."

돈 카밀로가 대답했다.

"예수님께 개인적으로 우리 팀의 다리만 보살펴달라고 바라지는 않았습니다. 우리 팀이 상대방보다 월등히 나았으니까요. 제가 말씀드리는 것은 우리 팀이 파울을 하지도 않았는데 심판이 반칙을 선언하는 것을 왜 막지 않으셨느냐는 겁니다."

"돈 카밀로, 신부도 미사 때 실수를 하는 법이다. 너는 왜 다른 사람들이 자기도 모르는 사이 실수하는 것을 인정하지 않느냐?"

"사람들이 모든 분야에서 실수한다는 것은 인정할 수 있습니다. 하지만 경기의 심판에서는 절대 실수가 없어야 합니다! 특히 축구공이 중간에 있을 때에는……."

"돈 카밀로도 역시 페포네보다, 아니 '천둥'이보다 더 어리석을 때가 있구나."

예수님이 중간에서 가로막았다.

"그것도 역시 사실입니다."

돈 카밀로가 인정했다.

"하지만 비넬라는 사기꾼입니다."

그는 말을 계속할 수가 없었다. 엄청난 고함 소리가 가까이서 들려왔기 때문이었다. 그러고는 잠시 후 한 사람이 성당 안으로 뛰어 들어왔는데, 숨을 헐떡이며 얼굴은 새파랗게 질려 있었다.

"사람들이 절 때려 죽이려고 해요! 살려주십시오!"

그는 흐느꼈다.

사람들이 문 앞에 몰려 서서 성당 안으로 들어오려 했다. 돈 카밀로는 50킬로그램이나 되는 촛대를 움켜쥐고 무섭게 휘둘렀다.

"하느님의 이름으로 돌아가라! 아니면 모두 머리통을 부숴놓겠다. 이곳에 들어온 자는 성스럽고 절대 손댈 수 없음을 기억하라!"

돈 카밀로가 소리쳤다.

사람들은 말없이 고개를 숙이고 돌아가려고 했다.

"성호를 그어라!"

돈 카밀로가 명령했다.

커다란 손에 엄청난 촛대를 들고 산처럼 우뚝 서 있는 모습은 마치 삼손 같았다.

모두들 성호를 그었다.

"너희들과 너희들이 짐승처럼 증오하는 대상 사이에는 너희들 각자가 자기 손으로 그은 십자가가 있다. 그 신성한 장벽을 무너뜨리려고 하는 자는 신성모독자다. 모두 돌아가거라!"

돈 카밀로는 성당 안으로 들어와 문에 빗장을 걸었다. 하지만 그럴 필요도 없었다. 사내는 의자 위에 웅크리고 앉아 아직 숨을 헐떡이고 있었다.

"고맙습니다, 돈 카밀로 신부님."

사내가 낮게 중얼거렸다.

돈 카밀로는 대답을 하지 않았다. 그는 잠시 동안 이리저리 걸어다니더니 갑자기 사내 앞에 멈추어 섰다.

"비넬라!"

돈 카밀로는 흥분으로 몸을 떨며 말했다.

"비넬라, 여기 나와 하느님 앞에서는 거짓말을 할 수 없을 것이다! 파울은 없었다! 경기가 비겼을 경우 파울을 선언해주는 대신에 그 페포네 녀석이 얼마를 주었느냐?"

"2천 5백 리라입니다."

"으음!"

돈 카밀로는 비넬라의 코 앞에 주먹을 갖다 대며 으르렁거렸다.

"하지만……."

비넬라가 신음 소리를 냈다.

"나가거라!"

돈 카밀로가 문을 가리키며 고함을 쳤다.

혼자 남자 돈 카밀로는 예수님에게로 갔다.

"그건 더러운 거래였다고 말씀드리지 않았습니까? 제가 화를 내는 것도 당연하지 않습니까?"

"아니다, 돈 카밀로. 그건 네 잘못이다. 너도 동일한 조건에 비넬라에게 2천 리라를 제의했잖느냐? 그러니 페포네가 5백 리라를 더 준다고 했을 때 페포네의 제의를 받아들이는 게 당연하지."

예수님이 대답했다. 돈 카밀로는 두 팔을 벌렸다.

"예수님, 하지만 그렇다면, 그렇게 생각한다면, 결국 제가 잘못한 것이 되는군요!"

"바로 그렇다, 돈 카밀로. 사제인 네가 먼저 흥정을 해서 그가 괜찮다고 생각했다면, 더 이익이 남는 쪽을 선택한 것도 역시 괜찮지 않느냐."

돈 카밀로는 고개를 숙였다.

"말하자면 그 비넬라 녀석이 우리 선수들한테 흠씬 두들겨 맞는다면 그것도 제 잘못이라는 뜻입니까?"

"어떤 의미에서는 그렇다. 왜냐하면 네가 먼저 그 사람을 유혹했으니까. 하지만 그가 네 제의를 받아들였다면 네 잘못은 더 커졌겠지. 비넬라는 너의 팀을 위하여 파울을 선언했을 것이다. 그랬다면 공산당 사람들이 그를 때려 죽였을 테고 그건 아무도 막을 수 없었을 것이다."

돈 카밀로는 잠시 동안 생각에 잠겼다.

"결론적으로 상대방이 이긴 것이 더 잘된 것이군요."

"바로 그렇다, 돈 카밀로."

"예수님, 그렇다면 제가 진 것에 대해 감사를 드려야겠군요. 패배를 제 불찰의 처벌로 받아들이겠으니 예수님께서도 제가 진심으로 후회하고 있다는 것을 믿어주십시오. 하지만 자랑하는 것은 아니지만, B조 리그에도 들어갈 수 있는 팀이, 번개 팀보다 몇천 배나 강한 팀이 지는 걸 보고도 화를 내지 않는다는 것은 하느님께 욕이라도 할 정도로 가슴 아픈 일입니다!"

"돈 카밀로!"

예수님이 웃으면서 다정하게 신부의 이름을 불러주셨다.

"예수님도 저를 이해하지 못하실 겁니다."

돈 카밀로는 한숨을 쉬었다.

"운동 경기란 아주 특이한 것입니다. 그 안에 빠져든 사람과 빠져들지 않은 사람은 서로 전혀 모릅니다. 제 말을 아시겠습니까?"

"알고말고, 불쌍한 돈 카밀로, 너무나도 잘 알지……. 그렇다면 언제 복수전을 할 참이냐?"

돈 카밀로는 기뻐서 펄쩍 뛰었다.

"6 대 0!"

그는 소리를 질렀다.

"여섯 골! 공이 지나가는 게 보이지도 않을 것입니다! 저 고해실로 이 모자가 날아가는 것처럼 말입니다."

그는 모자를 벗어 공중으로 던지더니 번개같이 발로 차서 고해실 창문 안으로 날려 보냈다.

"골!"

예수님이 미소를 지으면서 말했다.

한밤중의 종소리

얼마 전부터 돈 카밀로는 두 개의 눈이 자신을 노리고 있다는 느낌이 들었다. 길이나 들판을 걷고 있을 때 갑자기 몸을 돌려보면 아무도 보이지 않았지만, 덤불 속이나 생울타리 뒤를 뒤져보면 그 눈과 나머지 몸뚱이를 틀림없이 찾을 수 있을 것 같았다.

몇 번인가 저녁에 밖에 나가면서 문 뒤에서 인기척을 느끼고 흘긋 그림자를 보기도 했다.

"그대로 놔두려무나."

돈 카밀로가 의논을 드리자 제단 위의 예수님이 대답했다.

"두 개의 눈이 사람에게 해를 끼친 적은 없으니까."

"단지 두 개의 눈만이 돌아다니고 있는지, 아니면 예를 들어 구경 9밀리 총구멍 같은 세 번째 눈을 동반하고 있는지 알아야 할 것입니다."

돈 카밀로가 한숨을 쉬었다.

"바로 그 점이 특히 마음에 걸립니다."

"그 어떤 것도 평온한 양심을 건드릴 수는 없느니라, 돈 카밀로."

"알겠습니다, 예수님."

돈 카밀로는 다시 한번 한숨을 쉬었다.

"문제는 그렇게 행동하는 사람은 양심에 총을 쏘지 않고 어깨 사이를 쏜다는 것입니다."

하지만 돈 카밀로는 더 이상 그 문제를 꺼내지 않았다. 그리고 얼마가 지났다. 어느 날 밤늦게 사제관에서 혼자 책을 읽고 있을 때 그는 갑자기 그 눈을 느꼈다.

눈은 세 개였다. 천천히 고개를 든 돈 카밀로는 먼저 권총의 검은 총구멍을 보았고 다음에 비온도의 눈과 마주쳤다.

"손을 들어야 하나?"

돈 카밀로는 침착하게 말했다.

"신부님을 해치고 싶은 생각은 없소."

비온도는 권총을 외투 호주머니에 넣으면서 대답했다.

"신부님이 갑자기 나를 보고 놀라서 고함을 지르지 않을까 두려웠던 것이오."

"알겠네. 문을 두드리면 이런 번거로움을 피할 수 있으리라고는 생각하지 않았나?"

돈 카밀로가 말했다.

비온도는 대답을 하지 않고 창가로 가서 몸을 기댔다. 그러더니 갑자기 몸을 돌려 카밀로의 책상 앞에 주저앉았다.

머리카락은 흐트러지고 두 눈은 움푹 패인 채 이마에는 땀이 흥건히 맺혀 있었다.

"돈 카밀로 신부님, 제방 오두막의 남자는 바로 제가 죽였습니다."

비온도는 이빨을 악물고 말했다.

돈 카밀로는 토스카노 담배에 불을 붙였다.

"제방가의 남자?"

그는 조용히 말했다.

"글쎄 그건 옛날 일이지. 정치적인 사건이었지. 그건 사면을 받은 일인데 무엇 때문에 걱정인가? 자넨 법적으로 이젠 죄가 없다구."

비온도는 어깨를 움찔했다.

"저는 사면 따위는 관심도 없다구요."

그는 화가 나서 말했다.

"밤마다 불을 끄면 그 녀석이 침대 옆에 나타납니다. 도대체 어찌 된 일인지 알 수가 없단 말이오!"

돈 카밀로는 푸르스름한 담배 연기를 허공으로 내뿜었다.

"아무 일도 아니군, 비온도."

그는 미소를 지으며 대답했다.

"간단한 일이지. 불을 켜놓고 자면 되지 않는가."

비온도는 벌떡 일어섰다.

"페포네 같은 멍청이나 놀리라구요. 나한테는 통하지 않아요!"

그는 고함을 질렀다.

돈 카밀로는 고개를 가로저었다.

"무엇보다도 우선 페포네는 절대 멍청이가 아니네. 두 번째로는 나는 자네에게 아무것도 해줄 수가 없네."

"초를 산다든지 또는 성당에 기부할 일이 있다면 내가 지불하겠소."

비온도가 소리쳤다.

"하지만 저를 사면해주십시오. 게다가 난 법적으로도 이미 죄가 없다구요!"

"그렇게 하도록 하지."

돈 카밀로는 부드럽게 말했다.

"하지만 문제는 양심에 대한 사면을 하지 않았다는 점일세. 그러니까 여기서는 예전 방식대로 해야지. 여기서 사면을 받으려면 참회를 해야 하고 참회를 보여준 다음 용서를 받을 수 있는 일을 해야 하지. 오랜 시간이 걸리는 일이야."

비온도는 코웃음을 쳤다.

"참회를 한다구요? 그 녀석을 죽였다고 참회를 해요? 그 녀석 하나만 죽인 것을 후회한다구요!"

"그렇다면 나로서는 전혀 어떻게 해볼 수 없는 일이군. 그리고 자네 양심이 잘한 일이라고 생각한다면 그것으로 그만이지."

돈 카밀로는 책을 펼쳐 비온도 앞에 놓으면서 말했다.

"이걸 보게. 여기 아주 정확한 계명이 있네. 정치적 동기에 대해서도 예외는 없지. 다섯째 계명, 살인하지 말라. 일곱째 계명, 도둑질 하지 말라."

"일곱째 계명은 무슨 상관이 있단 말이오?"

비온도는 이상스럽다는 말투로 물었다.

"아무것도 아닐세. 자네가 정치를 구실로 돈을 빼앗기 위해 그 사람을 죽였다고 말한 것 같아서 그랬을 뿐이네."

돈 카밀로가 그를 진정시켰다.

"난 그렇게 말하지 않았소!"

비온도가 소리쳤다.

그는 권총을 꺼내 돈 카밀로의 얼굴을 겨누었다.

"난 그렇게 말하지 않았소. 하지만 그건 사실이오. 그것이 사실이니까 누구한테 이야기를 한다면 난 신부님을 쏘겠소!"

"우리는 이러한 일을 하느님에게도 말하지 않네."

돈 카밀로가 안심을 시켰다.

"하느님께서는 누구보다도 잘 알고 계시기 때문이지."

비온도는 진정이 되는 듯했다. 손을 펴고 권총을 바라보았다.

"이런 멍청이!"

그는 웃으면서 소리쳤다.

"안전 장치를 해놓은 것도 잊다니."

그는 안전 장치를 풀고 총알을 장전했다.

"돈 카밀로 신부님, 난 그 녀석이 침대 곁에 나타나는 데 진력이 났다구요. 이제 두 가지 방법밖에 없소. 날 사면해주든지 아니면 신부님을 쏘겠소."

비온도는 이상한 어조로 말했다.

권총이 손 안에서 가볍게 떨렸다. 돈 카밀로는 얼굴이 창백해져서 비온도의 눈을 바라보았다.

"예수님, 이 녀석은 화가 나 있으니 날 쏠 겁니다. 이런 상황에서 행한 사면은 아무런 효과가 없습니다. 어떻게 해야 할까요?"

돈 카밀로는 마음속으로 말했다.

"두렵거든 사면을 해주거라."

예수님의 음성이 대답했다.

돈 카밀로는 손으로 가슴 위에 성호를 그었다.

"안 되네, 비온도."

돈 카밀로가 말했다.

비온도는 이를 악물었다.

"돈 카밀로, 날 사면해주시오. 아니면 쏘겠소!"

"안 되네."

비온도는 방아쇠를 당겼고 노리쇠가 튀겼다. 하지만 총알은 나가지 않았다.

그러자 돈 카밀로가 한 방을 쏘았다. 그 한 방은 정확하게 목표물을 맞추었다. 돈 카밀로의 주먹은 절대로 실수를 하는 일이 없었기 때문이었다.

그리고 나서 돈 카밀로는 종탑으로 뛰어올라갔다. 그리고 밤 11시부터 20여 분 동안이나 미친 듯이 종을 울려댔다. 모두들 돈 카밀로가 미쳤다고 말했다. 미소를 지으며 고개를 가로젓는 제단 위의 예수님과 비온도만이 그 마음을 알았다. 비온도는 미친 듯이 들판을 가로질러 달려가 강가에 이르러 검은 강물에 몸을 던지려던 찰나 종소리가 들려와 멈추었다.

비온도는 되돌아왔다. 종소리가 자신을 위한 새로운 목소리처럼 들렸기 때문이었다. 그리고 왜 권총이 발사되지 않았는지 그건 이 세상의 진짜 기적이었다. 하지만 신부가 밤 11시에 미친 듯이 종을 울려댄 것은 정말 다른 세상에서나 있음직한 일이었다.

사람과 동물

그란데는 1백 마리의 암소가 있는 외양간에다 증기식 우유 가공 기계, 과수원 등등이 있는 엄청나게 큰 농장이었다. 이 모두가 파숏티 노인의 소유였다. 그는 바디아에서 혼자 살았는데 한 무리의 일꾼들을 거느렸다.

어느 날 그 일꾼들이 소동을 일으켰고 페포네의 인솔 하에 모두 바디아로 몰려갔다. 파숏티 노인은 창가에서 그들이 하는 소리를 들었다.

"모두들 벼락이나 맞아 죽어라! 이 더러운 마을에서는 이제 착한 사람들을 그대로 놔두지도 않는 거냐?"

파숏티가 고개를 내밀고 소리쳤다.

"그래 착한 사람 좋아하네. 노동자들의 권리를 착취하는 놈들이 착한 사람이라구?"

페포네가 대꾸했다.

"나한테서 권리란 법률에 정해진 것이다. 나는 법률을 위반한 적이 없다구."

파숏티가 다시 말했다.

그러나 페포네는 언제까지 파숏티가 조건을 개선해주지 않으면 그란데 농장의 노동자들은 아무런 일도 하지 않을 것이라고 말했다.

"1백 마리나 되는 암소에게 당신 혼자 먹이를 주란 말이오!"

페포네가 결론적으로 말했다.

"좋다구."

파숏티가 대답했다.

그러고는 창문을 닫고 설친 잠을 다시 자러 갔다.

그렇게 해서 그란데 농장의 총파업이 시작되었다. 그것은 페포네가 감시단, 보초 수비, 전령, 차단 지점 등을 정하여 개인적으로 조직한 파업이었다. 외양간의 창문과 문에는 못을 박고 봉함을 해 두었다.

첫날은 암소들이 젖을 짜주지 않아서 울부짖었다. 둘째날은 젖을 짜주지 않은데다 배가 고프기 때문에 울부짖었다. 셋째날은 거기에다 목까지 말라서 울부짖는 소리가 마을 밖에까지 들릴 지경이었다. 그러자 바디아의 문으로 파숏티의 늙은 하녀가 나왔다.

그녀는 차단 지점의 보초에게 소독약을 사러 마을 약국에 간다고 말했다.

"주인 영감님이 암소들이 굶어 죽어 냄새가 나면 콜레라에 걸릴 위험이 있다고 말했어요."

그 말을 듣자 나이 많은 일꾼들은 머리를 가로저었다. 그들은 파숏티 영감과 50년 동안이나 같이 일했으며 파숏티의 머리가 강철보다 더 단단하다는 사실을 잘 알았다. 그러자 페포네가 자기 부하들과 함께 개인적으로 개입했다. 누구든지 외양간에 가까이 다가가기만 하면 조국의 반역자로서 취급해줄 것이라고 말했다.

나흘째 되는 날 저녁 무렵에 그란데 농장의 늙은 목동 자코모가 사제관으로 찾아왔다.

"암소 한 마리가 새끼를 낳으려고 하는데 가슴이 찢어져라 울어대고 있어요. 도와주지 않으면 필경 죽고 말 겁니다. 하지만 외양간에 다가갔다가는 뼈도 못 추릴 테구요."

돈 카밀로는 제단의 난간을 움켜잡았다.

"예수님, 저를 붙잡아주십시오. 아니면 곧장 로마로 쳐들어가겠습니다."

그는 십자가의 예수님에게 말했다.

"진정하라, 돈 카밀로. 폭력으로는 아무 일도 할 수가 없다. 사람들을 이성으로 설득해야지 폭력으로 자극해서는 안 된다."

예수님이 부드럽게 경고를 했다.

"옳은 말씀입니다."

돈 카밀로는 한숨을 쉬었다.

"사람들을 이성으로 설득해야 하지요. 하지만 문제는 사람들을 이성으로 설득하는 동안에 소들은 죽고 말 것입니다."

예수님은 미소를 지었다.

"폭력은 폭력을 부르는 법이다. 폭력을 사용하여 소 1백 마리를 구하고 사람 하나를 잃는 것과 설득을 해서 소 1백 마리를 잃고 그 한 사람을 구하는 것, 그 중에서 어떤 것이 너는 더 좋겠느냐?"

너무나 화가 나서 당장 쳐들어가고 싶은 생각을 떨쳐버릴 수 없는 돈 카밀로는 머리를 흔들었다.

"예수님, 저를 혼란스럽게 하지 마십시오. 이건 소 1백 마리의 문제가 아닙니다. 이것은 공공 재산의 문제라구요. 소 1백 마리의 죽음은 단지 그 돌대가리 파숏티 영감의 손해일 뿐만 아니라 좋든 나쁘든 모든 사람의 손해가 되는 것입니다. 그러니 기존의 분쟁이 더 심화될 수도 있고 그러면 싸움이 나서 한 명이 아니라 스무 명이 목숨을 잃을지도 모릅니다."

예수님은 그 의견에 찬성을 하지 않았다.

"오늘 설득을 해서 한 사람을 구할 수 있다면 내일 또 설득을 해서 다른 사람들도 구할 수 있다고 생각하지 않느냐? 돈 카밀로, 넌 믿음을 잃어버렸느냐?"

돈 카밀로는 신경이 날카로워져 있었기 때문에 밖으로 나와 들판을 가로질러 산책을 했다. 그렇게 걷다 보니 갑자기 그란데 농장의 소들이 울부짖는 소리가 아주 가까이서 들려왔다. 그리고 차단 지점의 보초들이 중얼거리는 소리도 들렸다. 10여 분 후 돈 카밀로는 철조망 밑에 난 관개 수로의 커다란 시멘트 관 속으로 기어들어갔다. 다행히도 시멘트 관 속은 말라 있었다.

"가만 있자, 누군가 저 끝에서 날 기다리다가 몽둥이로 머리를 후려칠지도 모르니까 조심을 해야겠군."

돈 카밀로는 생각했다.

그런데 아무도 없었다. 돈 카밀로는 조심스럽게 수로 속을 기어 농장 쪽으로 갔다.

"거기 서라!"

갑자기 누군가 소리쳤다.

돈 카밀로는 훌쩍 수로 밖으로 뛰어나와 커다란 나무 뒤로 몸을 숨겼다.

"거기 서라! 안 서면 쏘겠다!"

다시 한번 목소리가 들렸다.

그 소리는 수로 맞은편의 커다란 나무 뒤에서 들려왔다.

칠흑같이 어두운 밤이었다. 돈 카밀로는 우연하게도 손에 커다란 쇠붙이를 들고 있었다. 그는 움직이는 쇠붙이를 꺼내 들었다. 그리고 이렇게 소리쳤다.

"조심해라, 페포네. 나도 쏠 테니까."

"아하!"

상대방이 투덜거렸다.

"이번 일에도 당신이 끼어들지 않을까 기다렸소!"

"임시 휴전이다. 위반하는 자는 악마의 새끼다. 자, 이제 내가 수를 셀 테니 '셋' 하면 두 사람 모두 도랑 안으로 뛰어드는 거다."

돈 카밀로가 말했다.

"그렇게 의심이 많으니 신부가 되었겠지."

페포네가 대답했다.

"셋" 하는 소리에 두 사람은 수로 바닥에 주저앉았다.

외양간에서 소들이 미친 듯이 울부짖는 소리가 들려왔다. 식은 땀이 날 정도로 처절한 소리였다.

"이런 음악을 들으면서 즐거워하다니."

돈 카밀로가 투덜거렸다.

"유감이로군. 소들이 죽으면 저 음악 소리도 멈추게 될 테니까. 그러니 오래 버티는 게 좋을 거야. 아니, 그보다는 일꾼들에게 곡식 창고와 건초 더미, 사람이 사는 집들까지 불살라버리라고 하지 그래. 그런데 저 불쌍한 파숏티가 스위스로 도망쳐서 거기 저금해 둔 몇백만 리라를 쓰게 되면 얼마나 화가 날까."

"스위스에 갈 수나 있는지 두고 보아야지요!"

페포네가 위협적으로 대꾸했다.

"옳은 말이야!"

돈 카밀로가 소리쳤다.

"자네 말이 맞아. 요즈음에는 살인하지 말라는 다섯째 계명 같은 낡은 이야기는 발로 차버리는 때니까! 그러고 나서 하느님 앞에 서게 되었을 때는 분명하게 말하겠지. '사랑하는 하느님 아저씨, 쓸데없는 이야기는 집어치우지요. 아니면 페포네가 총파업을 선언해서 모두들 일을 하지 않을 테니까요' 하고 말이야. 그런데 페포네, 자넨 어떻게 천사들을 파업시킬 참인가? 그걸 생각해보았나?"

페포네는 송아지를 낳아야 하는 암소보다 더 크게 울부짖었다. 그는 가슴이 찢어질 정도로 고함을 쳤다.

"당신은 신부가 아니오! 당신은 게페우 산적 대장이란 말이오!"

그는 이를 악물고 말했다.

"게슈타포 대장이지. 게페우 산적은 자네들 전문이 아닌가."

돈 카밀로가 정정해주었다.

"그런 당신이 밤에 산적처럼 기관총을 달고 다른 사람의 집으로 돌아다니는군!"

"그럼 자네는?"

돈 카밀로는 침착하게 물었다.

"나는 인민을 위해 봉사하는 중이오!"

"나는 하느님을 위해서 봉사하는 중이지!"

페포네는 발로 돌멩이를 걷어찼다.

"신부들하고는 말을 할 수 없다니까! 몇 마디만 하면 곧바로 정치적인 이야기로 끌고 들어가니."

"페포네."

돈 카밀로는 부드럽게 말을 시작했다. 하지만 페포네가 말을 가로막았다.

"나한테 국가 재산이니 하는 멋진 이야기를 할 생각은 마시오! 아니면 진짜 하느님이라도 쏘아버릴 테니까!"

그는 고함을 쳤다.

돈 카밀로는 고개를 가로저었다.

"빨갱이들하고는 말이 되지 않는다니까. 몇 마디만 하면 곧바로 정치적인 이야기로 끌고 들어가니!"

송아지를 낳으려는 암소가 더욱 크게 울부짖는 소리가 들려왔다.

"거기 누구냐?"

바로 그 순간 누군가가 도랑 근처에서 말했다. 브루스코와 마그로, 비지오였다.

"방앗간 길을 따라 순찰이나 한번 돌고 오거라."

페포네가 그들에게 명령했다.

"잘 알겠습니다."

브루스코가 대답했다.

"그런데 누구와 이야기하는 겁니까?"

"네 영혼하고 이야기한다!"

화가 난 페포네가 소리쳤다.

"송아지를 낳으려는 암소가 소리치고 있어요."

브루스코가 중얼거렸다.

"그런 일은 신부한테나 가서 말해."

페포네가 소리쳤다.

"죽도록 내버려두라고! 난 인민의 이익을 위해 일하는 것이지 소들의 이익을 위해서 일하는 게 아니야!"

"그렇게 화내지 마십시오, 두목님."

브루스코가 대원들과 함께 지나가면서 투덜거렸다.

"잘했네, 페포네. 그러면 우리도 인민의 이익을 위해 일하러 가세."

돈 카밀로가 속삭였다.

"도대체 무엇을 하려는 거요?"

돈 카밀로는 말없이 수로를 따라 농장을 향해 걸어갔다. 그러자 페포네는 멈추지 않으면 총을 쏘겠다고 말했다.

"페포네는 노새처럼 우직한 녀석이야. 하지만 하느님이 명령한 일을 하는 신부의 등을 쏘는 사람은 아니지."

돈 카밀로는 조용하게 말했다.

페포네는 욕을 퍼부었다. 그러자 돈 카밀로가 갑자기 몸을 돌렸다.

"노새처럼 어리석은 소리 그만하게. 아니면 그 유명한 연방 챔피언에게 했던 것처럼 자네 턱에 스트레이트를 한 방 날릴 테니까."

"나한테 그런 말을 할 필요는 없소. 당신이었다는 것을 알고 있었으니까요. 하지만 이건 전혀 다른 문제란 말이오."

돈 카밀로는 말없이 계속 걸음을 옮겼고 페포네는 중얼중얼 욕을 하면서 그 뒤를 따랐다. 외양간 앞에 이르자 누군가가 멈추라고 소리쳤다.

"지옥에나 떨어져라."

페포네가 대답했다.

"여긴 이제 내가 지키겠다. 너희는 우유 가공 공장으로 가거라."

돈 카밀로는 봉함을 해둔 외양간 문은 쳐다보지도 않았다. 그는 사다리를 타고 외양간 위의 건초 창고로 올라가더니 나지막한 목소리로 불렀다.

"자코모."

조금 전에 사제관으로 찾아와 암소 얘기를 했던 늙은 목동이 건초 더미에서 나왔다. 돈 카밀로는 자그마한 손전등을 켰다. 그리고 바닥의 건초를 치우자 마루의 뚜껑문이 나타났다.

"자, 내려가요."

돈 카밀로가 노인에게 말했다.

노인은 뚜껑문 아래로 내려가더니 한참 동안 아래에 머물러 있었다.

"송아지를 낳았습니다."

다시 나타난 노인이 속삭였다.

"이런 일은 몇천 번이나 해봐서 이력이 났지요."

"이젠 집 안으로 들어가보시오."

돈 카밀로가 노인에게 말했다. 노인은 밖으로 사라졌다.

그러자 돈 카밀로는 바닥의 뚜껑문을 다시 열고 건초 더미를 안으로 굴려 넣었다.

"도대체 어떻게 할 셈이오?"

그때까지 한쪽에 숨어 있던 페포네가 말했다.

"우선 건초 더미들을 더 굴려 넣게 도와주게. 나중에 설명해주겠네."

페포네는 투덜거리면서 건초 더미들을 굴려 넣기 시작했다. 그러고는 돈 카밀로가 외양간 안으로 내려가자 따라 내려갔다.

돈 카밀로는 건초 더미 하나를 오른쪽 여물통 가까이로 옮기더니 철사를 끊고 건초를 풀어헤쳐 소들 앞에 던져주었다.

"자네는 왼쪽 여물통부터 시작하게."

그가 페포네에게 말했다.

"정말로 날 죽이는군!"

페포네는 소리를 지르며 건초 더미 하나를 들고 왼쪽 여물통으로 옮겼다.

그들은 소몰이꾼들처럼 일을 했다. 게다가 물까지 먹어야 했다. 외양간은 현대식으로 되어 있어서 복도 양쪽으로 여물통이 늘어서 있고 벽을 따라 물통이 배치되어 있었다. 그들은 1백여 마리의 소를 나란히 세워 물을 먹였고 배가 터지도록 물을 마시려는 것을 물통에서 떼어내려고 팔이 아플 만큼 회초리로 후려갈겨야 했다.

일이 끝났을 때 외양간은 아직도 어둠에 싸여 있었다. 그것은 외양간의 모든 창문을 밖에서 못을 박아 꽉 막아놓았기 때문이었다.

"오후 세 시로군."

돈 카밀로가 시계를 보며 말했다.

"밖으로 나가려면 밤이 될 때까지 기다려야겠어!"

페포네는 화가 나서 손가락을 물어뜯었다. 하지만 어쩔 수 없이 마음을 가라앉혀야 했다.

저녁이 될 때까지 페포네와 돈 카밀로는 외양간 한쪽 모퉁이에서 석유 등잔 불빛에 카드 놀이를 했다.

"이거 배가 고파서 주교라도 잡아먹고 싶군!"

페포네가 화가 나서 소리쳤다.

"소화시키기가 힘들 거야, 읍장 나리."

돈 카밀로가 침착하게 대답했다.

하지만 그도 역시 배가 고파 파랗게 된 채 추기경이라도 잡아먹을 지경이었다.

"배가 고프다고 하기 전에 저 짐승들이 굶주렸던 날만큼 한 번 굶어보지 그래."

밖으로 나오기 전에 그들은 다시 한번 모든 여물통에 건초를 넣어주었다. 페포네는 인민에 대한 반역이라고 절대로 하지 않으려 했지만 돈 카밀로는 요지부동이었다.

그렇게 해서 그날 밤 외양간에는 무덤 같은 정적이 감돌았다. 소들의 울음소리가 더 이상 들려오지 않자 파숏티 노인은 깜짝 놀라 이제 소들이 울 기력조차 없을 정도로 극한 상황에 이르렀다고 생각했다. 그래서 다음날 아침 페포네와 협상을 했다. 그리고 서로가 조금씩 양보를 하여 모든 게 정상으로 돌아갔다.

오후에 페포네가 사제관으로 왔다.

"헤이!"

돈 카밀로가 아주 부드러운 목소리로 말을 꺼냈다.

"혁명가 여러분들은 항상 늙은 신부의 말을 들어야 한다구. 이봐, 정말 그렇지 않은가?"

페포네는 팔짱을 끼고 그 뻔뻔스러운 모습을 지켜보았다.

"신부님, 내 기관총을 주시오!"

페포네가 말했다.

"자네 기관총? 무슨 소린지 모르겠군. 자네 기관총은 자네가 갖고 있었잖아."

157

돈 카밀로가 미소를 지으며 말했다.

"그래요, 내가 갖고 있었지요. 그런데 외양간에서 나왔을 때 내가 잠시 방심한 틈을 타 비열하게 당신이 훔쳐 가지 않았소?"

"아, 이제야 생각이 나는군. 그런 것 같기도 하군."

돈 카밀로가 순진한 척 대답했다.

"미안하네, 페포네. 자네도 알다시피 나이가 들다 보니 내가 그걸 어디에다 두었는지 전혀 기억이 안 나는군."

"신부님, 당신은 벌써 두 번이나 내 총을 훔쳐 갔단 말이오!"

페포네가 침울하게 소리쳤다.

"글쎄, 너무 화내지 말게. 자넨 다른 걸 쓰면 되잖아. 집 안 여기저기에 아직 얼마나 많은 총이 있는지 아무도 모르니까!"

"당신은 정말로 이러쿵저러쿵 해서 기독교 신자를 이슬람 신자로 개종시킬 신부로군!"

"그럴지도 모르지."

돈 카밀로가 대답했다.

"하지만 자네는 그럴 위험이 없을 것이네. 자넨 성실한 기독교 신자가 아니니까."

페포네는 모자를 집어들어 머리에 쓰더니 발걸음을 떼었다. 그러나 그는 문 앞에서 몸을 돌리더니 말했다.

"당신은 내게서 총 두 자루가 아니라 20만 자루라도 훔쳐갈 수 있을 것이오. 하지만 그걸 다시 찾아가는 날에는 75밀리 박격포로

이 악마의 집을 날려버리겠소!"

"그렇다면 나는 언제든지 81밀리 박격포로 응수를 하지."

돈 카밀로는 침착하게 대답했다.

성당 앞을 지나다가 성당 문이 열려 있어서 제단이 보이자 페포네는 화난 표정으로 모자를 벗어 들었다. 그러고는 누가 볼까 봐서 황급히 다시 머리에 썼다.

그러나 예수님은 그걸 보았다. 그래서 돈 카밀로가 성당 안으로 들어오자 말했다.

"페포네가 지나가면서 나한테 인사를 하더구나."

예수님은 즐거운 표정이었다.

"조심하십시오, 예수님."

돈 카밀로가 대답했다.

"심지어는 예수님께 입을 맞추고도 30냥에 예수님을 배반한 사람이 있었으니까요. 방금 예수님께 인사를 한 그 작자는 복수하는 날 이 하느님의 집에다 75밀리 박격포를 쏘겠다고 말했습니다."

"그래서 너는 뭐라고 대답했느냐?"

"저는 81밀리 박격포를 인민의 집에 쏘아 응수하겠다고 대답을 했지요."

"알겠다, 돈 카밀로. 그런데 문제는 네가 정말로 81밀리 박격포를 가지고 있다는 점이다."

돈 카밀로는 팔을 벌렸다.

"예수님, 하찮은 물건이지만 추억이 되기 때문에 쉽사리 버릴 수 없는 것들이 있지요. 우리 인간들은 모두 어느 정도 감상적입니다. 그리고 그 물건이 다른 사람의 집에 있는 것보다 우리 집에 있는 것이 더 낫지 않습니까?"

"돈 카밀로, 너는 항상 옳은 말만 하는구나."

예수님이 미소를 지으며 대답했다.

"어리석은 짓을 저지르지 않을 때만 말이다."

"그래서 저는 아무것도 두렵지 않습니다. 이 세상에서 제일 훌륭한 조언자가 제게 있으니까요."

돈 카밀로가 대답했다.

예수님도 더는 어떻게 대답을 할 수가 없었다.

강변에서

 8월이 되면 오후 1시와 3시 사이에 메밀밭과 삼나무밭으로 둘러싸인 마을에서는 더위가 너무나도 심해서 직접 눈으로 보고 손으로 만질 수 있을 정도였다. 바로 얼굴의 코앞에서 부글부글 끓어오르는, 유리 녹은 물의 넘실대는 베일이 보일 지경이다.
 다리 위를 지나다가 아래를 내려다보면 개울 바닥이 말라 쩍쩍 갈라지고 여기저기 죽은 물고기를 볼 수 있다. 강둑의 길가에서 묘지를 들여다보면 뜨거운 뙤약볕 아래에서 송장의 뼈들마저 빠지직 타오르는 듯한 소리를 들을 것이다.
 지방 도로 위로는 바퀴가 높은 마차가 모래를 가득 싣고 천천히 지나가기도 하는데, 마부는 등에 햇볕을 받으며 몸을 숙이고 짐 위에 구부정히 앉아 입을 헤벌리고 잠을 자거나, 아니면 버팀목에 걸터앉아 무릎 위에 수박을 올려놓고 칼로 속을 파 먹고 있기도 한다.

그러다가 커다란 제방 위로 올라가 보면 방대한 강물이 황량하고 조용하게 꼼짝하지 않는 것을 발견하게 된다. 강이라기보다는 차리리 죽은 강물의 묘지처럼 보인다.

돈 카밀로는 커다란 제방을 향해 걷고 있었다. 머리에 큼직한 하얀색 수건을 두르고 그 위에 모자를 썼다. 8월의 오후 1시 30분이었다. 새하얀 길 한가운데로 따가운 햇볕을 받으며 홀로 걷는 모습은 아주 고독한 신부의 모습 그대로였다.

"지금 이 순간에 반경 20킬로 안에서 잠을 자지 않는 사람이 하나라도 있다면 내 목을 쳐도 좋다."

돈 카밀로는 혼자서 중얼거렸다.

그는 제방을 넘어 아카시아 나무 그늘에 가 앉았다. 나뭇잎들 사이로 반짝거리는 강물이 보였다. 그는 옷을 벗어 조심스럽게 차곡차곡 개어 꾸러미를 만들더니 수풀 속에 감추었다. 그리고 팬티 차림이 되자 강물 속으로 뛰어들었다.

주위는 완전히 적막했다. 모든 것이 죽어 있는 시간에다가 사람 발길이 뜸한 한적한 곳을 골랐기 때문에 아무도 신부를 보지 못할 것이다. 어쨌든 돈 카밀로는 신중을 기했고 반 시간쯤 후에 물 밖으로 나왔다. 그는 재빨리 아카시아 그늘 아래로 가 수풀을 헤쳐 보았는데 옷이 없었다.

돈 카밀로는 숨이 막혀왔다.

절대 도둑일 리가 없었다. 신부의 낡고 바랜 성복을 탐낼 사람은 아무도 없을 터이니 말이다. 분명 거기에는 어떤 장난이 숨어 있었다. 실제로 얼마 지나지 않아 제방에서 사람 목소리가 가까이 들려왔다. 돈 카밀로는 뭔가 명확히 구별해내기도 전에 그들이 한 무리의 소년 소녀들이라는 것을 알아차렸다. 맨 앞에는 스밀초가 있었다. 그러자 돈 카밀로는 모든 음모를 알아차렸다. 그는 커다란 아카시아 나무를 하나 뽑아 휘둘러주고 싶은 생각이 간절했다. 하지만 그것은 분명히 녀석들이 원하는 바였다. 팬티 차림의 돈 카밀로를 끌어내어 그 꼴을 구경하려는 것이다.

그래서 돈 카밀로는 다시 물속으로 들어갔다. 물속으로 잠수하여 강 한가운데의 자그마한 섬에까지 가서 갈대 숲에 몸을 숨겼다.

그러나 돈 카밀로가 섬 뒤편으로 숨어 보이지도 않았는데 모두들 그 사실을 아는 것처럼 강둑에 길게 늘어앉아 웃으면서 노래를 부르기 시작했다. 돈 카밀로는 완전히 포위되어 있었다.

아무리 강한 사람이라도 웃음거리가 되었다고 느낄 때에는 얼마나 허약한 존재인가!

돈 카밀로는 갈대 숲에 누워 기다렸다. 몸을 숨긴 채 페포네가 브루스코, 비지오 등의 부하들을 모두 거느리고 오는 모습을 보았다. 스밀초가 몸짓 발짓을 섞어 설명을 하자 모두들 웃음을 터뜨렸다. 그러고 나서 다른 사람들까지 몰려왔다. 돈 카밀로는 빨갱이들이 지금까지 당한 모든 일을 한꺼번에 복수하려 한다는 사실을 알아차렸다. 게다가 이번에는 최고의 방법이었다. 왜냐하면 일단 웃음거리가 되고 나면 아무리 무서운 주먹을 갖고 있고 하느님을 대신한다고 해도 전혀 두려움을 주지 않기 때문이었다. 게다가 돈 카밀로는 누구에게도 두려움을 주지 않고 오로지 악마에게만 두려움을 주려고 했기 때문에 일은 더욱더 난처해졌다. 더군다나 이제는 상황이 나쁜 상태로 바뀌어서 빨갱이들이 신부를 적으로 간주하였고 무슨 일이건 제대로 되지 않으면 신부의 잘못이라고 말하고 다닐 정도였다. 어떤 일이 잘못되었을 때 그 일을 바로잡으려 하기보다는 잘못을 뒤집어씌울 누군가를 찾으려고 혈안이 되어 있는 판이었다.

"예수님."

돈 카밀로가 말했다.

"팬티 차림으로 말씀을 드려서 부끄럽습니다. 하지만 사태가 너무 심각합니다. 더위 때문에 죽을 지경인 불쌍한 신부가 물속에 뛰어든 것이 죽을 죄가 아니라면, 혼자서는 어떻게 할 수 없는 저를 좀 도와주십시오."

그들은 술병과 카드, 아코디언 등을 가지고 왔다. 강둑은 마치 바닷가 같았다. 그들은 그곳을 떠날 생각이 조금도 없는 듯했다. 게다가 그들은 포위망을 좁혀서 강가를 반 킬로미터나 더 점령했다. 포위망은 상류 쪽으로 잡초가 뒤덮인 여울목까지 2백 미터나 퍼졌다. 그곳은 1945년 이후로 아무도 발을 들여놓은 적이 없는 곳이었다.

독일군들은 퇴각하면서 다리를 폭파했다. 그리고 물을 건널 수 있는 얕은 여물목 양편에 널따랗게 지뢰를 파묻어두었다. 맞은편 강가도 역시 마찬가지였다. 얼마나 많은 지뢰를 묻어놓았는지 지뢰 제거반이 한두 번 불행한 시도를 하다가 그 구역 주변에 말뚝을 박고 철조망을 쳐 고립시키기로 결정했다.

그곳에는 페포네의 부하들이 없었다. 아니 그럴 필요가 없었다. 미친 사람이 아니고야 지뢰밭에 들어갈 생각조차 하지 않을 테니까. 돈 카밀로는 어떻게 할 도리가 없었다. 포위망을 넘어가자니 마을 사람들 한가운데에 서게 될 것이고, 아래로 내려가자니 숲속으로 들어가게 될 것이 분명했기 때문이었다. 팬티 차림의 신부가 절대 그렇게 할 수는 없는 일이었다.

돈 카밀로는 꼼짝하지 않았다. 그저 축축한 땅바닥에 누워 갈대를 질겅질겅 씹거나 아니면 이리저리 복잡한 궁리를 해볼 따름이었다.

"좋다."

그는 결론을 내렸다.

"존경을 받는 사람은 팬티 바람으로도 존경을 받을 수가 있다. 중요한 것은 뭔가 존경받을 만한 일을 하는 것이다. 그렇게 되면 옷이란 아무런 문제도 되지 않는 법이지."

벌써 어둠이 깔리기 시작했고 강가에서는 횃불과 등불을 켰다. 마치 강변에서 진짜 저녁 축제가 벌어진 것 같았다. 녹색 풀잎이 검은색으로 보일 무렵 돈 카밀로는 물속으로 미끄러져 들어가 여울목의 바닥이 발에 닿을 때까지 신중하게 강물을 거슬러 올라가기 시작했다. 그러고는 단호하게 강기슭으로 향했다. 헤엄을 친다기보다는 이따금 숨을 쉬기 위해 입만 물 밖으로 내놓을 뿐 물속으로 기어갔기 때문에 아무도 그를 볼 수 없었다.

마침내 그는 기슭에 닿았다. 이제 문제는 어떻게 들키지 않고 물 밖으로 나가느냐 하는 것이었다. 일단 수풀 속으로 들어가기만 하면 손쉽게 제방에 도달할 수 있을 것이다. 그러면 제방을 뛰어넘어 포도밭과 메밀밭 고랑 사이로 몸을 던져 달리면 틀림없이 사제관의 채소밭에 이를 수 있을 것이다.

그는 작은 나뭇가지 하나를 붙잡고 서서히 몸을 일으켰다. 거의 다 물에서 나왔을 무렵 나뭇가지가 부러지면서 돈 카밀로는 다시 물속으로 풍덩 빠져버렸다. 그 소리를 듣고 사람들이 알아차렸다. 하지만 돈 카밀로는 후닥닥 기슭으로 기어올라 재빨리 수풀 속으로 숨어버렸다.

사람들이 소리를 지르며 한쪽에서 몰려들었고 다른 한쪽에서는 달이 떠올라 그 광경을 비춰주었다.

"돈 카밀로!"

페포네가 앞으로 나서면서 고함을 질렀다.

"돈 카밀로!"

아무런 대답이 없었다. 침묵이 모든 사람들을 내리눌렀다.

"돈 카밀로!"

페포네가 다시 한번 소리쳤다.

"하느님의 이름으로 절대 움직이지 마시오! 거긴 지뢰밭이란 말이오!"

"알고 있네."

차분한 돈 카밀로의 음성이 대답했다. 지뢰밭 한가운데 수풀이 조금 움직였다. 스밀초가 옷꾸러미를 손에 들고 앞으로 나섰다.

"돈 카밀로 신부님, 움직이지 마십시오! 지뢰를 손가락 끝으로 건드리기만 해도 터져버린다구요!"

그는 소리쳤다.

"알고 있네."

돈 카밀로의 차분한 목소리가 대답했다.

스밀초의 얼굴은 땀으로 가득했다.

"돈 카밀로! 어리석은 장난이었습니다! 움직이지 마세요. 여기 신부님의 옷이 있어요."

"내 옷이라구? 고맙네, 스밀초. 내가 있는 곳까지 가져다주겠나?"

수풀 한가운데의 위쪽 잎들이 약간 움직였다.

스밀초는 입을 딱 벌리고 몸을 돌려 다른 사람들을 쳐다보았다.

침묵 속에서 돈 카밀로의 냉소적인 웃음소리가 희미하게 들렸다.

페포네가 스밀초의 손에서 옷꾸러미를 빼앗아 들었다.

"내가 가지고 가겠소, 돈 카밀로."

페포네가 철조망 가까이로 서서히 다가가면서 소리쳤다. 그러고는 벌써 철조망을 넘어서려고 했다. 그 순간 스밀초가 후다닥 달려와 그를 뒤로 잡아끌었다.

"안 됩니다."

스밀초가 옷보따리를 빼앗아 들고 철조망 안으로 들어가며 말했다.

"일을 저지른 사람이 대가를 치르는 법입니다."

사람들은 뒤로 물러섰다. 모두들 이마가 땀으로 흥건히 젖었고 자신도 모르게 손을 입으로 가져갔다.

스밀초는 신중하게 발을 디디면서 천천히 덤불 한가운데로 다가갔다. 침묵이 납덩어리처럼 무겁게 짓누르고 있었다.

"여기 있습니다."

수풀 가운데에 이른 스밀초가 희미한 목소리로 말했다.

"고맙네. 이리로 오게. 자네는 팬티 바람의 돈 카밀로를 볼 자격이 있네."

돈 카밀로가 말했다.

스밀초는 수풀 뒤로 돌아갔다.

"그래, 어떤가? 팬티 차림의 신부가 어떤 모습인가?"

돈 카밀로가 물었다.

"잘 모르겠습니다."

스밀초가 더듬거렸다.

"온통 시커먼 어둠에다 울긋불긋하게 눈앞이 아롱거릴 뿐입니다. 저 달빛도 그래요."

그는 숨을 헐떡거렸다.

"저는, 저는 보잘것없는 물건 몇 개를 훔치고, 주먹을 약간 휘둘렀을 뿐입니다. 하지만 누구에게도 나쁜 짓은 하지 않았습니다."

스밀초가 다시 더듬거리며 말했다.

"네 죄를 사하노라."

돈 카밀로는 그의 이마에 성호를 그으면서 말했다.

두 사람은 천천히 강기슭을 향해 걸어 나왔다. 사람들은 지뢰가 터지지 않을까 숨을 죽이고 기다렸다.

그들은 철조망을 넘어섰다. 그러고는 길로 접어들었다. 돈 카밀로는 계속해서 앞장을 서고 스밀초는 그 뒤를 따랐다. 스밀초는 여전히 지뢰밭을 걷는 듯 발끝으로 걸었다. 그러더니 어느 순간 의식을 잃고 땅바닥에 쓰러지고 말았다. 다른 사람들과 함께 20여 미터 뒤에서 따라오던 페포네는 한순간도 돈 카밀로의 등에서 눈을 떼지 않고 걸으면서 잠깐 몸을 숙여 스밀초의 옷깃을 잡아 마치 걸레 뭉치처럼 끌고 갔다. 성당 문 앞에서 돈 카밀로는 몸을 돌려 정중하게 사람들에게 인사를 하고는 안으로 들어갔다.

다른 사람들도 말없이 가버렸다. 성당 앞뜰에는 페포네 혼자만이 두 다리를 떡 벌리고 서 있었다. 그는 여전히 스밀초의 옷깃을 잡은 채 닫힌 성당 문을 뚫어져라 바라보았다. 그러나 역시 고개를 흔들고는 스밀초를 끌고 가버렸다.

"예수님."

돈 카밀로가 십자가상의 예수님께 속삭였다.

"교회는 팬티 차림의 신부를 보호함으로써도 지켜집니다."

예수님은 대답을 하지 않았다.

"예수님, 제가 목욕을 하러 간 것이 혹시 죽을 죄라도 되나요?"

돈 카밀로가 다시 한번 속삭였다.

"아니다. 너는 스밀초에게 옷을 가져오라고 했을 때 죽을 죄를 지은 것이다."

예수님이 대답했다.

"옷을 가져오리라고는 생각지도 않았습니다. 제가 부주의해서 그런 것이지 악의는 아닙니다."

그때 멀리 강 쪽에서 굉장한 폭발 소리가 들려왔다.

"이따금 토끼들이 지뢰밭을 지나다가 지뢰를 터뜨리기도 하지요."

돈 카밀로는 기어들어가는 목소리로 설명했다.

"그러니까 결론적으로 예수님께서는……."

"아무런 결론도 내리지 말아라, 돈 카밀로."

예수님이 미소를 지으며 가로막았다.

"열이 올라 있으면 아무런 결론도 내리지 못하는 법이다."

그러는 동안에 페포네는 스밀초의 집 앞에 이르렀다. 문을 두드리자 한 노인이 나타나서 아무런 말도 없이 페포네가 내미는 스밀초를 받았다. 바로 그 순간 페포네도 폭발 굉음을 들었다. 그는 머리를 한번 흔들고 여러 가지를 생각했다. 그러다 스밀초에게 한방 먹여 머리털이 온통 곤두서도록 했다.

"돌격!"

노인이 스밀초를 다시 데리고 들어가는 동안 스밀초가 외치는 소리가 희미하게 들렸다.

무관심한 사람들

돈 카밀로는 일주일 전부터 일에 쫓겨 이쪽으로 저쪽으로 뛰어다니느라 심지어는 밥 먹을 틈도 없이 분주하게 움직였다. 그런데 어느 날 오후 이웃 마을에서 돌아오던 그는 마을 근처에 와서는 자전거에서 내려야 했다. 사람들이 길을 완전히 가로질러 도랑을 파고 있었기 때문이었다. 아침까지만 해도 없었던 일이었다.

"새로 하수도 관을 설치하는 중입니다. 읍장님의 명령입니다."

노동자 한 사람이 설명했다.

그러자 돈 카밀로는 곧바로 읍사무소로 쫓아갔다. 페포네 앞에 서자 그는 화가 치밀었다.

"그래, 여기서 한번 해보자구!"

그는 고함을 쳤다.

"꼭 지금에 와서 저 하수구를 만들어야 하나? 오늘이 금요일이라는 걸 모르는가?"

"그래서요?"

페포네가 모르겠다는 듯이 말했다.

"금요일에 하수구를 파는 것이 금지되어 있나요?"

돈 카밀로가 고함을 질렀다.

"아니, 일요일까지 이틀밖에 남지 않은 걸 모른단 말이야?"

페포네는 잠시 생각에 잠기는 척했다. 그러더니 종을 울리자 브루스코가 나타났다.

"잠시 내 말 좀 들어보게. 신부님께서 오늘이 금요일이니까 일요일까지는 이틀밖에 남지 않았다고 말씀하시는군. 자네 생각은 어떤가?"

페포네가 그에게 물었다.

브루스코는 그 문제를 신중하게 고려하는 척했다. 그는 연필을 꺼내더니 종이 위에다 계산을 했다.

"그러니까 실질적으로 지금이 오후 네 시니까 자정까지는 여덟 시간이 남아 있고, 일요일까지는 서른두 시간밖에 남아 있지 않습니다."

돈 카밀로는 입에 거품을 문 채 이런 광경을 지켜보더니 마침내 참지 못하고 분을 터뜨렸다.

"알겠어! 이 모두가 주교님의 방문을 방해하기 위해 면밀히 계산된 일이었군!"

"신부님, 하수구 공사가 주교님의 방문과 무슨 상관이 있지요? 그리고 미안합니다만, 그 주교님이란 사람이 도대체 누구입니까? 무얼 하러 오는 것이지요?"

페포네가 말했다.

"네 더러운 영혼을 지옥에 보내기 위해 오신다!"

돈 카밀로는 고함을 질렀다.

"당장 하수구를 메워야 해! 아니면 일요일에 주교님이 지나가시지 못한다구!"

페포네는 일부러 멍청한 표정을 지었다.

"지나갈 수 없다구요? 그러면 당신은 어떻게 지나왔지요? 하수구 도랑 위에는 분명히 널빤지들이 놓여 있을 텐데요."

"하지만 주교님은 자동차로 오신다구! 주교님이 자동차에서 내리실 수는 없어!"

돈 카밀로는 고함을 질렀다.

"미안합니다. 저는 주교님이 두 다리로 걸어다니지 못하시는지 몰랐습니다."

페포네가 대꾸했다.

"만일에 일이 그렇다면 그건 큰 문제로군요. 이봐 브루스코, 도시로 전화를 해서 곧장 기중기를 보내라고 해! 그 기중기를 도랑 옆에 세워두고 있다가 주교님의 자동차가 도착하면 번쩍 들어서 맞은편으로 건네놓도록 하라구. 그러면 주교님이 차에서 내리지 않아도 되겠지. 알겠나?"

"알겠습니다, 읍장님. 기중기는 어떤 색깔로 할까요?"

"니켈이나 크롬 도금이 된 것으로 보내라고 해. 그게 보기에 나을 테니까."

이러한 경우에는 돈 카밀로처럼 강철 같은 주먹을 갖고 있지 않은 사람이라도 주먹을 휘두르고 싶어지는 법이다. 하지만 바로 이러한 경우에 돈 카밀로는 오히려 침착해지는 특성이 있었다. 왜냐하면 그의 사고가 놀라울 정도로 아주 단순해지기 때문이었다.

(저 녀석이 이렇게 공개적으로, 이렇게 파렴치하게 나에게 시비를 거는 것은 내 반응을 기다리기 때문이야. 그러니까 내가 얼굴에 주먹을 날리면 저 녀석을 도와주게 되는 거야. 사실 페포네가 아니라 공무 중인 읍장을 때리는 셈이거든. 그러면 일이 시끄러워져서 나와 주교님한테도 적대적인 영향을 끼치게 되겠지.)

"상관없네."

그가 말했다.

"주교님도 역시 두 다리로 걸어다니실 수 있으니까."

그날 밤 돈 카밀로는 성당에서 비통한 어조로 신자들에게 호소했다. 모두들 침착하게 하느님께서 읍장님의 마음을 돌리게 하여 도랑의 널빤지를 한 사람 한 사람씩 건너다가 이 좋은 경사를 망치지 않도록 해주십사 하고 기도를 드리자고 했다. 그리고 혹시라도 널빤지가 부러져서 기쁨의 날이 슬픔의 날로 바뀌지 않도록 하느님께 기도를 드리자고 했다.

이러한 열렬한 연설은 효력이 있었다. 모든 여자 신도들은 성당을 나서자마자 바로 페포네의 집 앞으로 몰려가 시끄럽게 아우성을 쳤다. 결국 페포네가 얼굴을 내밀더니 도랑을 다시 메울 터이니 모두들 지옥에나 떨어지라고 고함을 쳤다.

그러자 모든 것이 잘 진행되었다. 하지만 일요일 아침 길거리의 구석구석마다 커다란 성명서가 나붙었다.

동지 여러분!

공익 사업의 시작을 트집잡아 반동분자들이 우리의 민주적 의도를 해방하는 파렴치한 소동을 일으켰습니다. 일요일에 외국의 대표가 우리 마을에 손님으로 오게 될 것입니다. 그는 동시에 간접적으로는 그 파렴치한 소동을 불러일으킨 대표도 되는 것입니다. 이에 대한 여러분들의 분노와 격분을 고려하여 우리는 이번 일요일에 외국인들과의 관계를 복잡하게 만들 모든 시위를 피하려고 노력하고 있습니다. 그러니 우리는 여러분들이 품위 있는 무관심으로 외국의 대표를 맞이하도록 광범위하게 여러분에게 호소하는 바입니다.

민주주의 공화국 만세! 프롤레타리아 만세! 러시아 만세!

모든 공산당원들을 총동원하기 위해 야단법석이었다. 그들은 모두 붉은 손수건과 넥타이를 자랑스럽게 묶고서 '품위 있는 무관심'과 함께 이리저리 분주하게 돌아다니는 특별한 임무를 띠었다.

돈 카밀로는 얼굴이 창백해져서 잠시 동안 성당 안에서 머뭇거리다가 밖으로 뛰쳐나가려고 했다.

"돈 카밀로!"

예수님이 그를 불러세웠다.

"무엇 때문에 그렇게 서두르느냐?"

"거리로 나가 주교님을 영접해야 합니다. 길이 약간 멉니다. 그리고 길거리에는 붉은 손수건을 걸친 사람들이 가득해서 주교님께서 저를 보시지 못하면 혹시 스탈린그라드에 온 게 아닌가 하고 생각하실 겁니다."

돈 카밀로가 설명했다.

"붉은 손수건을 걸친 사람들이 외국인이냐 이교도들이냐?"

예수님이 물었다.

"아닙니다. 이따금 이 성당에도 모습을 나타내는 바로 그 녀석들입니다."

"그렇다면 돈 카밀로, 네 옷 속에 감춘 그 물건을 다시 성구실 옷장 안에다 넣어두는 것이 좋겠구나."

돈 카밀로는 옷 안에서 감추었던 기관총을 꺼내더니 성구실에 갖다 두러 갔다.

"내가 꺼내라고 할 때만 그걸 꺼내야 한다."

예수님이 명령했다. 그러자 돈 카밀로는 어깨를 움찔했다.

"예수님께서 기관총을 다시 꺼내라고 말씀하시길 기다리다가는 늙어 죽고 말 것입니다!"

돈 카밀로가 소리쳤다.

"절대 그렇게 말씀 안 하실 테니까요. 예수님께 고백하자면 사실 구약 성서에도……."

"꺼져라, 반동분자야!"

예수님께서 웃으면서 말했다.

"네가 이렇게 잡담이나 하는 동안에 저 늙고 불쌍한 주교는 빨갱이들의 놀림거리가 되겠구나."

사실 그 늙고 불쌍한 주교는 빨갱이들의 손아귀에 잡혀 있었다. 아침 7시부터 신자들은 길 양쪽에 늘어서서 환영할 준비를 했다. 그런데 주교가 탄 자동차가 도착했다는 신호를 받자마자 페포네는 부하들에게 명령을 내렸다. 그러자 번개 같은 동작으로 빨갱이들은 질서정연하게 삽시간에 반 킬로미터를 전진했다. 그래서 주교가 도착했을 때에는 거리에 온통 붉은 손수건을 걸친 사람들만 보였다. 그들은 이리저리 걸어다니거나 무리를 지어 잡담을 나누면서 다가오는 자동차에 대해 품위 있는 무관심을 과시했다. 자동차는 **빵빵** 경적을 눌러 사람 틈을 헤집고 느릿느릿 가야만 했다.

정말 지도부에서 원하는 대로 '품위 있는 무관심'의 시위였다. 페포네와 그의 부하들은 군중 틈에 섞여서 즐거워서 미칠 지경이었다.

주교는 널리 알려진 바와 같이 작은 몸집에다 새하얗게 늙고 구부정했으며 목소리는 마치 다른 세상에서 들려오는 것 같았다. 그는 '품위 있는 무관심'을 곧바로 알아차렸다. 그래서 운전사에게 자동차를 멈추라고 했다. 자동차가 멈추자(지붕이 없는 자동차였다), 차 문의 손잡이를 돌려 열려고 했다. 그런데 힘이 부쳐 문을 열지 못하자 바로 곁에 있던 브루스코가 도와주었다. 페포네가 그의 정강이를 발로 걷어찼을 때에는 이미 늦어 문이 열린 뒤였다.

"고마워요. 마을까지 걸어서 가는 것이 좋겠군."

주교가 말했다.

"하지만 아직 먼데요."

비지오가 옆에서 중얼거렸다. 그도 역시 정강이를 발에 채였다.

"괜찮아요. 나는 여러분들의 정치 집회를 전혀 방해하고 싶지 않아요."

주교가 미소를 지으며 대답했다.

"정치 집회가 아닙니다."

페포네가 침울하게 설명했다.

"그저 노동자들이 자기 일에 대해서 잡담을 나누는 중입니다. 그냥 차를 타고 가십시오."

하지만 늙은 주교는 이미 차에서 내린 뒤였다. 주교가 비틀거리는 걸 보고 브루스코가 팔을 잡아 부축해주다가 두 번째로 정강이를 채였다.

"고마워요, 정말 고마워요."

주교가 말했다. 주교는 비서에게 혼자 가고 싶으니 그냥 놔두라고 눈짓을 하고 천천히 걸어갔다.

그렇게 해서 주교는 돈 카밀로의 사람들이 점령하고 있는 구역까지 갔다. 뒤에는 빨갱이 무리가 말없이 침울하게 뒤따랐으며 주교 옆의 맨 앞에는 페포네와 주요 심복 부하들이 앞장을 섰다. 페포네가 말한 대로 어떤 멍청한 녀석이 '그 사람'에게 어리석은 짓을 해서 반동들이 그 기회를 이용하여 사태를 뒤엎을까 염려가 되었기 때문이었다.

"명령은 변경되지 않으며 변경될 수도 없다. 어디까지나 품위 있는 무관심이야."

페포네가 결론을 내렸다.

주교가 도착하는 모습을 보고 돈 카밀로는 허겁지겁 달려왔다.

"주교님, 용서해주십시오. 하지만 제 잘못이 아닙니다! 저는 여기서 신자들과 함께 주교님을 기다리고 있었습니다. 그런데 마지막 순간에……"

돈 카밀로는 당황한 표정으로 말했다.

"걱정하지 말아라."

주교가 웃음을 띤 얼굴로 말했다.

"차에서 내려 걷고 싶어한 내가 잘못이지. 주교들은 늙으면 모두 어리석어지는 법이니까."

신자들은 환호성을 올렸다. 악대가 연주를 시작하자 주교는 흡족한 표정으로 주위를 둘러보았다.

"정말로 멋진 고장이야. 정말로 아름답고 모든 것이 잘 정돈되어 있어. 이곳 지도자들이 정말로 훌륭하게 일하는 모양이군."

주교가 천천히 걸으며 말했다.

"인민의 복지를 위해서 할 수 있는 것은 모두 하고 있지요."

브루스코가 대답했다. 그는 페포네에게 세 번째로 정강이를 채였다. 광장에 도착한 주교는 새로운 분수를 보고 멈춰 섰다.

"밧사의 마을에 분수가 있다니! 물이 나온다는 말이군!"

주교는 탄성을 질렀다.

"찾는 방법만 알면 됩니다, 주교님."

지하수 찾는 일을 맡았던 비지오가 대답했다.

"3백 미터 깊이로 관을 박았더니 하느님의 도움으로 물이 솟아나왔습니다."

이번에도 비지오는 정강이를 채였다. 분수대는 인민의 집 앞에 있었으므로 주교는 그 거대한 새 건물을 보고 관심을 보였다.

"저 멋진 건물은 무엇인가?"

"인민의 집입니다!"

페포네가 의기양양하게 대답했다.

"정말로 멋지군!"

주교가 탄성을 질렀다.

"한번 둘러보시겠습니까?"

페포네가 자기도 모르는 사이에 말했다. 그러자 펄쩍 몸이 튀어오를 정도로 세찬 발길질이 정강이에 날아왔다. 돈 카밀로가 걷어찬 것이었다.

주교의 비서는 커다란 코에다 안경을 걸친, 비쩍 여윈 사람이었다. 그가 황급히 달려가 주교에게 좋지 않은 일이니 방문하지 않는 편이 좋으리라고 말하려 했으나 주교는 이미 건물 안으로 들어서고 있었다. 실내 경기장, 독서실, 공부방 등 모든 것을 둘러보았다. 도서관에 도착하자 주교는 서가로 가서 책 제목들을 둘러보았다. '정치'라고 씌어 있는 칸에 온통 선전 책자와 팸플릿이 가득한 것을 보고는 아무 말 없이 한숨만 쉬었다. 하지만 곁에 있던 페포네는 그것을 알아차렸다.

"아무도 이걸 읽지 않습니다, 주교님."

페포네가 속삭였다.

그는 사무실은 보여주지 않았다. 하지만 주교에게 자랑거리인 공연 연회실을 보여주고 싶은 유혹을 물리칠 수가 없었다. 그래서 공연실을 보고 나가던 주교는 자그마한 눈에다 커다란 수염이 난 사람의 거대한 초상화 앞에 서게 되었다.

"정치가 어떤 것인지 잘 아시겠지요, 주교님."

페포네가 나지막한 목소리로 말했다.

"그리고 이미 아시겠지만 근본은 나쁜 사람이 아닙니다."

이러한 상황에서 돈 카밀로의 심리적 상태는 아주 특이했다. 주교의 착한 마음을 이용하여 인민의 집을 방문하도록 한 것에 화가 나기도 했고, 다른 한편으로는 이 고장이 얼마나 발전했는지 주교에게 보여주게 되어 기쁘기도 했다. 게다가 공산당의 조직을 고려하여 주교께서 돈 카밀로 자신의 유치원이 얼마나 중요하고 가치 있는지 새롭게 알아주리라 기대했다.

방문이 끝나자 돈 카밀로가 가까이 다가갔다.

"유감입니다, 주교님."

그는 페포네가 알아들을 수 있도록 커다란 목소리로 말했다.

"페포네 씨께서 주교님께 무기고를 보여드리지 않아서 정말 유감입니다. 이 고장에서 가장 잘 갖추어져 있지요."

페포네가 뭔가 말하려고 했지만 주교가 그 틈을 주지 않았다.

"하지만 자네 것처럼 잘 갖추어지진 않았겠지."

주교가 미소를 지으면서 말했다.

"맞습니다!"

비지오가 맞장구를 쳤다.

"어딘가 81밀리 박격포도 감추어두고 있다구요."

브루스코가 소리쳤다.

주교가 페포네의 부하들에게 몸을 돌렸다.

"이 사람을 당신들이 다시 원했지요? 그래서 지금 함께 있는 거요. 내가 위험한 사람이라고 미리 말하지 않았던가요?"

"우리는 저 신부를 무서워하지 않습니다."

페포네가 냉소를 띤 채 말했다.

"저 사람을 조심해야 할 거요."

주교가 충고를 했다.

돈 카밀로는 고개를 가로저었다.

"언제나 농담을 잘 하시는군요, 주교님. 하지만 이 사람 개개인들이 어떤 사람들인지 상상도 못 하실 겁니다."

돈 카밀로가 대꾸했다.

밖으로 나오던 주교는 벽보판에 그 유명한 성명서가 붙은 것을 보고는 걸음을 멈추고 읽어보았다.

"아하, 이곳에 외국의 대표가 오기로 되어 있는 모양이로군! 그게 누구지, 돈 카밀로?"

주교가 말했다.

"저는 정치에는 관심이 없습니다. 이 성명서를 작성한 사람에게 직접 물어보아야겠군요."

그가 대답했다.

"페포네 씨, 주교님께서 당신의 성명서에서 말하는 외국인 대표가 누구인지 알고 싶어하시는군."

"그러니까, 언제나 그 미국이지요."

페포네는 잠시 망설이더니 중얼거렸다.

"알겠어요! 이곳에서 석유를 찾으려고 오는 미국 사람들 문제로군. 내 말이 맞나요?"

주교가 대답했다.

"네, 그렇습니다. 아주 비열한 짓입니다. 석유는 우리 것이라구요!"

페포네가 대답했다.

"나도 그렇게 생각하네."

주교가 진지하게 맞장구를 쳤다.

"하지만 이곳 사람들에게 조용하게 품위 있는 무관심의 시위만 하도록 자제시킨 것은 정말로 잘한 일이오. 내 생각으로는 미국을 건드려서 우리에게 아무런 이익이 없을 겁니다. 그렇지 않아요?"

페포네는 두 팔을 벌렸다.

"주교님, 주교님께서는 정말 저를 이해해주시는군요. 사람이란 참을 수 있는 데까지는 참지만 어느 순간 크게 터져버린다구요."

성당 앞에 도착한 주교는 유치원의 아이들이 모두 질서정연하게 줄을 맞추어 서 있는 것을 발견했다. 아이들은 환영의 노래를 합창했다. 그런 다음 아이들 사이에서 커다란 꽃다발 하나가 솟아오르더니 천천히 앞으로 걸어나와 주교 앞에서 위로 올라갔다. 꽃다발을 치우자 부인네들이 미친 듯이 환호성을 올릴 정도로 자그

많고 귀엽고 예쁘고 잘 차려입은 아이가 나타났다.

갑자기 주위가 조용해졌다. 아이는 한마디도 더듬거리거나 틀리지도 않고 물줄기가 흐르듯이 부드럽고 경쾌한 목소리로 주교에게 시 한 편을 낭송해주었다. 낭송을 마치자 사람들은 열광적인 환성을 지르며 정말 멋진 일이라고 칭찬을 했다.

페포네가 돈 카밀로 곁으로 다가갔다.

"비열한 인간!"

그는 돈 카밀로의 귀에 대고 말했다.

"순진한 아이를 이용하여 나를 세상 앞에 웃음거리로 만들다니! 당신 뼈를 분질러버리겠소. 저기 저 아이 녀석에게 내가 누구인지 보여줄 거요. 당신이 저애를 오염시켰으니 데려다 포 강에다 던져버리겠소!"

"잘 다녀오게."

돈 카밀로가 대답했다.

"자네 아들이니까 자네 마음대로 할 수 있지."

정말로 잔인하고 역겨운 이야기지만 페포네는 불쌍한 아이를 보따리처럼 쳐들고 강가로 가서 무섭게 위협을 하여 주교에 대한 시를 세 번이나 낭송하도록 시켰다고 한다.

그리고 그 늙고 약하고 순진한 주교는 '외국(바티칸 공화국)의 대표'로서 미리 계획된 대로 '품위 있는 무관심'으로 영접되었다.

도시 녀석들

돈 카밀로조차 어떻게 해볼 도리가 없는 사람들은 바로 도시의 '빨갱이들'이었다. 도시의 프롤레타리아들은 도시 안에 머무는 동안에는 묵묵히 자기 일만 하다가도, 일단 도시의 경계선 밖으로 나가기만 하면 도시 사람 행세를 하려고 안달이었고 따라서 눈엣가시처럼 가증스럽게 굴곤 했다.

특히 트럭이라도 타고 무리를 지어 돌아다닐 때에는 더욱 심했다. 불행하게도 길거리에서 마주치는 사람들 모두에게 "시골뜨기"라고 고함을 지르고, 뚱뚱한 사람에게는 영락없이 "뚱뚱보"나 "비계 덩어리"라고 놀렸다. 혹시 아가씨라도 지나가게 되면 그건 더는 말할 필요가 없었다.

그러다가 목적지에 이르러 트럭에서 내릴 때면 진짜 볼 만한 구경거리였다. 그들은 입가에 삐뚜름하게 담배를 빼물고 잔뜩 인상을 쓰며 황소처럼 느릿느릿한 걸음걸이로 말을 탄 것처럼 두 다리를 쩍 벌리고 어기적거리며 걸어갔다. 휴가를 나온 뉴질랜드 해군 병사들 같은 태도였다. 그러다가 술집 탁자에 둘러앉아 소매를 걷어붙이고 벼룩에게 물어뜯긴 새하얀 팔뚝을 드러낸 채 시끄럽게 떠들고 주먹으로 탁자를 두드리며 돼지 멱따는 소리를 지르곤 했다. 돌아갈 때에도 고이 돌아가는 법이 없었다. 길거리에 돌아다니는 암탉이라도 눈에 띄면 절대 그대로 놔두지 않았다.

어느 일요일 오후 그 도시의 '빨갱이들'을 가득 태운 트럭 한 대가 마을에 왔다. 연방 당 지도부의 어떤 거물급이 소지주들에게 연설을 할 때 호위를 한다는 명목이었다. 집회가 끝난 뒤 페포네는 그 거물급에게 상황 보고를 하러 지구당 본부로 돌아가기 전에 도시 녀석들에게 자기 지구당의 손님들이니 몰리네토 술집에 가서 마음대로 포도주를 마시라고 했다.

그들은 대략 서른 명 정도였고, 게다가 빨간색으로 치장을 한 대여섯 명의 계집애도 끼어 있었다. 그 계집애들은 이따금씩 "어이, 지지오토, 이리 던져!" 하고 소리를 지르곤 했다. 그러면 지지오토라고 불린 녀석은 입에 물고 있던 담배를 계집애에게 던져주었다. 그러면 계집애는 날아가는 담배를 휙 잡아서 뾰족한 입에 물고 피우는데, 모든 구멍마다 연기를 폭폭 내뿜었고 심지어는 귓구멍으로 나오기도 했다.

그들은 술집 앞에 앉아 술을 마시며 노래를 부르기 시작했다. 노래는 잘 부르는 편이었다. 특히 오페라 아리아가 그랬다. 그러다가 싫증이 나자 길거리에 지나다니는 사람들을 헐뜯기 시작했다. 그때 마침 돈 카밀로가 자전거를 타고 나타나자 그 거대한 몸집을 보고는 미친 듯이 즐거워하며 고함을 질렀다.

"저것 좀 봐! 신부 사이클 선수가 지나간다!"

돈 카밀로는 마치 판체르 탱크가 짚더미 위를 지나가듯이 왁자지껄한 웃음소리를 뚫고 천천히 말없이 지나갔다. 그러더니 길모퉁이에 이르자 집 쪽으로 향하지 않고 다시 뒤로 돌아왔다.

두 번째 지나갈 때에는 처음보다 더 굉장한 성공을 거두었다. 도시 녀석들은 모두 합창하듯이 고함을 질렀다.

"힘내라, 뚱뚱보!"

돈 카밀로는 눈썹 하나 까딱하지 않고 조용히 지나갔다. 그러고는 다시 마을 어귀에 이르자 다시 멈춰 뒤로 돌아오지 않을 수가 없었다. 세 번째는 잊지 못할 정도였다. 호칭이 '뚱뚱보'에서 '똥자루'로 바뀌었을 뿐 아니라 구체적인 내용물까지 서슴지 않고 말하기도 했다.

돈 카밀로의 입장이라면 누구든지 화를 냈을 것이다. 하지만 돈 카밀로는 강철 같은 심장을 지녔으며 무서울 정도의 자제력을 갖추었다.

'나를 화나게 하려고 생각했다면 너희들이 잘못 짚은 거다.'

돈 카밀로는 속으로 생각했다.

'신부는 절대로 술집의 주정뱅이들과 싸움을 하지 않는 법이야. 신부는 절대로 주정뱅이 같은 저질로 떨어지지 않는다구!'

그리고 그는 자전거를 세워 한쪽에 내팽개치고 그들 무리를 향해 걸어갔다. 그러고는 그들이 앉아 있던 탁자를 움켜쥐고 번쩍 들어올리더니 무리 한가운데로 내동댕이쳤다. 그 다음엔 다시 기다란 의자를 들어 휘두르기 시작했다.

바로 그 순간 페포네가 한 무리의 사람들과 함께 달려왔다. 돈 카밀로는 진정이 되었고 페포네의 부하들에게 호위를 받으며 사제관으로 돌아왔다. 왜냐하면 한바탕 기다란 의자의 소용돌이가 그치자 탁자 밑에서 기어나온 도시 녀석들이 신부를 잡아 죽이겠다고 아우성치기 시작했기 때문이었다. 계집애들이 더욱 설치며 고함을 질렀다.

"정말 멋진 일을 벌이셨군요, 신부 나으리!"

사제관 문 앞에서 페포네가 말했다.

"정치 문제로 정말 기독교 정신까지 잊어버리셨군!"

"당신은 신부가 아니라 파시스트 행동 대원이군요!"

연방 지도부의 거물급이 뒤따라 달려와 소리를 질렀다.

그러고는 돈 카밀로의 거대한 몸집과 삽처럼 커다란 손을 보더니 다시 바꾸어 말했다.

"아니, 당신은 완전한 파시스트 행동대 1개 부대요!"

돈 카밀로는 침대 위로 몸을 던졌다. 그러더니 다시 일어나 창문을 닫고 문을 닫고 빗장을 채우고는 다시 머리를 베개 속에 파묻었다. 하지만 아무런 소용이 없었다. 누군가가 저 아래에서 그를 불렀으며 그 목소리는 계속해서 들려왔다.

결국 그는 일어나 아래층으로 내려가 천천히 제단 위의 예수님 앞으로 갔다.

"돈 카밀로, 나에게 할 말이 없느냐?"

돈 카밀로는 두 팔을 벌렸다.

"그건 저의 의지와는 상관없는 일이었습니다."

그가 대답했다.

"어떤 사건이라도 일어나는 것을 피하기 위해 저는 집회하는 동안에 마을에서 멀리 떨어져 있었습니다. 그 녀석들이 몰리네토 술집 앞에 와 앉아 있으리라고는 전혀 생각지도 않았습니다. 알았더라면 밤늦게까지 마을 밖에 머물렀겠죠."

"하지만 네가 돌아왔을 때에는 그들이 거기 있다는 것을 알지 않았느냐? 그런데도 왜 다시 돌아갔느냐?"

예수님이 물었다.

"집회하는 동안에 머물러 있던 집에다 깜박 잊고 기도서를 두고 나왔습니다."

"거짓말 하지 말아라, 돈 카밀로."

예수님이 준엄하게 꾸짖었다.

"기도서는 네 주머니 안에 들어 있었다. 그걸 아니라고 하겠느냐?"

"그건 제가 잘 간수하고 있습니다."

돈 카밀로가 말했다.

"주머니 안에 들어 있었는데 저는 두고 온 줄 알았습니다. 손수건을 꺼내려고 주머니에 손을 넣자 기도서가 들어 있었습니다. 하지만 그땐 이미 술집 앞을 다시 지나쳐 온 뒤였습니다. 그래서 할 수 없이 또다시 뒤로 돌아오는 수밖에 없었습니다. 아시다시피 다른 길이 없지 않습니까?"

"하지만 너는 집회하는 동안에 머물던 집으로 돌아갈 수도 있었다. 너는 벌써 그들이 술집 앞에 있다는 것을 잘 알았고, 그들이 뒤에서 소리치는 것도 들었다. 도대체 무엇 때문에 버릇없이 구는 그 사람들을 피하려고 하지 않았느냐?"

돈 카밀로는 고개를 가로저었다.

"예수님, 만약 하느님의 이름을 헛되이 부르지 않아야 하는 것이 신성한 계율이라면, 무엇 때문에 하느님께서는 인간에게 언어 사용 능력을 주셨습니까?"

그는 심각하게 말했다.

예수님이 미소를 지었다.

"언어가 없었더라도 인간은 글자나 손짓을 이용하여 하느님의 이름을 욕할 방법을 고안해냈겠지. 하지만 그 참된 이유는 비록 죄를 지을 본성과 수단을 가졌으면서도 죄를 짓지 않는 데에 진정한 덕이 있음을 가르치기 위해서다."

"그러니까 제가 참회를 위하여 사흘 동안 단식을 하려고 한다면, 저는 배고픔을 완전히 없애주는 약을 먹지 말고 배고픔을 그대로 놔두면서 그걸 극복해야겠지요."

"돈 카밀로, 도대체 무슨 말을 하려는 거냐?"

예수님이 걱정스러운 표정으로 물었다.

"그러니까 길모퉁이에 이르렀을 때, 예수님의 계명대로 제가 저의 본성을 누르고 저를 모욕하는 사람을 용서할 수 있다는 것을 하느님께 보여드리고 싶었다면, 그 시련을 피하지 않아야겠지요. 오히려 시험을 정면으로 받아들이고 녀석들 앞을 다시 지나가야 하겠지요."

예수님은 머리를 가로저었다.

"그게 바로 나쁜 짓이다, 돈 카밀로. 너는 네 이웃을 유혹에 빠뜨리지 않아야 한다. 네 이웃을 죄로 유혹하고 화나게 해서는 안 된다."

돈 카밀로는 우울한 표정으로 두 팔을 벌렸다.

"용서해주십시오."

그는 한숨을 쉬었다.

"이제야 제 잘못을 알았습니다. 얼마 전까지만 해도 제가 자랑스럽게 여기던 이 성복을 대중 앞에 보여주면 많은 사람들을 죄로 인도하고 유혹할 수도 있다는 걸 알았으니, 전 이제 절대 집 밖으로 나가지 않거나 아니면 작업복을 입고 돌아다니겠습니다."

예수님은 잠시 말이 없었다.

"그것은 궤변론자들의 약삭빠른 궤변이다. 그럴듯한 말로 자신의 나쁜 행동을 정당화시키는 사람과는 더 이상 논쟁을 하고 싶지 않구나. 나는 네가 세 번째 다시 지나갔을 때 착실한 믿음을 갖고 있었다고 인정하고 싶다. 그렇다면 네가 네 본성을 누르고 널 모욕하는 사람을 용서할 수 있다는 것을 하느님께 보여주지 않고, 오히려 자전거에서 내려 탁자와 의자들을 휘두른 사실을 어떻게 설명할 참이냐?"

"저는 정말로 무서운 실수와 엄청난 죄를 지었습니다. 말하자면 제가 시간을 잘 계산할 줄 안다고 믿는 실수를 저질렀습니다. 그래서 제가 마지막 욕을 들은 순간부터 최소한 10여 분은 흘렀으리라고 확신하여 자전거에서 내려 술집 앞으로 갔는데, 사실은 겨우 몇 초밖에 지나지 않았지요."

"정확히 말해서 10분의 1초밖에 지나지 않았다, 돈 카밀로."

"네, 예수님. 하느님께서 제 본성을 완전히 억누를 수 있도록 도와주시리라 믿는 죄를 범했습니다. 그러니 예수님, 저는 예수님을 지나치게 믿었습니다. 사제에게 지나친 믿음이 죄가 된다고 생각하시면 저를 벌하여주십시오."

예수님은 한숨을 쉬었다.

"돈 카밀로, 이번 경우는 정말로 심각하다. 네가 모르는 사이에 악마가 네 마음속으로 들어가 이젠 네 말과 뒤섞여 네 입을 통해 욕을 하는구나. 사흘 동안 담배도 피우지 말고 빵과 물만으로 지내도록 해보아라. 그러면 악마가 배고픔에 못 이겨 떠나갈 것이다."

"네, 알겠습니다. 충고를 해주셔서 감사합니다."

돈 카밀로가 말했다.

"감사는 나중에 사흘째 되는 날 하도록 하라."

예수님께서 미소를 지으며 말했다.

마을에서는 여러 가지 말이 많았다. 그러다가 돈 카밀로가 악마 퇴치 금식을 끝내자마자(그것은 궤변을 말끔히 치료하는 데 가장 훌륭한 방법이었다) 도시의 경찰 한 사람이 페포네와 그의 부하들을 따라 사제관으로 찾아왔다.

"정의가 범죄에 대한 조사를 했소."

페포네가 점잔을 빼며 말했다.

"그래서 신부님이 경찰 당국에 서면으로 보고한 내용과 공격을 당한 동지들이 연방 경찰에 보고한 내용이 다르다는 것을 발견했소."

"나는 모든 걸 사실대로 말했고 아무것도 덧붙이지 않았네."

돈 카밀로가 장담했다.

경찰관이 머리를 가로저었다.

"그리고 여기에는 신부님의 태도가 도전적이었다고, 아니 '파렴치하게 도전적'이었다고 밝히고 있습니다."

"그건 내가 자전거를 타고 갈 때마다 언제나 취하는 태도요. 그래도 여기에서는 아무도 도전적이라고 생각하지 않소."

돈 카밀로가 대답했다.

"천만에, 경우에 따라 다르지요. 이곳에서도 많은 사람들이 자전거를 타고 가는 당신을 볼 때마다 받침대가 부러져서 당신의 코가 땅바닥에 처박히는 것을 보았으면 하고 바라고 있소."

페포네가 말했다.

"어느 마을이든지 나쁜 사람들은 있는 법이지. 그러니 그건 전혀 문제가 되지 않아."

돈 카밀로가 설명했다.

"그리고 두 번째로, 신부님의 보고서에는 신부님 혼자였다고 씌어 있는데, 상대방의 보고서는 숨어서 기다리던 다른 사람들이 와서 신부님을 도와주었다고 주장하고 있습니다. 그 싸움의 결과를 보면 저도 그건 사실이라고 생각합니다."

경찰관이 계속해서 말했다.

돈 카밀로는 자랑스럽게 항의를 했다.

"나는 혼자였소. 그리고, 의자를 휘두른 것을 제외하고라도 내가 그 녀석들 머리 위로 던진 탁자만으로도 대여섯 명의 머리통을 부수기에 충분했지요."

"아니, 열다섯 명입니다."

경찰관이 정정해주었다.

그리고 경찰관은 페포네에게 조금 전에 본 탁자가 바로 그 탁자냐고 물어보았다. 페포네는 그렇다고 대답했다.

"생각해보십시오, 신부님."

경찰관은 의아하다는 듯이 말했다.

"혼자서 2백 킬로나 되는 떡갈나무 탁자를 그렇게 내동댕이칠 수 있다는 건 약간 믿기 어려운데요?"

돈 카밀로는 머리에다 모자를 썼다.

"그게 몇 킬로나 되는지는 잘 모르겠소. 어쨌든 지금 바로 가서 들어 보이지요."

그는 퉁명스럽게 말했다.

그러고는 앞장을 섰다. 다른 사람들이 뒤를 따랐다.

몰리네토 술집 앞에 이르자 경찰관이 떡갈나무 탁자를 손으로 가리켰다.

"이게 그 탁자 맞지요, 신부님?"

"바로 이거요."

돈 카밀로가 대답했다. 그러더니 탁자를 두 손으로 움켜잡았고 어떻게 들었는지도 모르게 머리 위로 치켜들고 두 팔을 곧게 펴더니 풀밭으로 내동댕이쳤다.

"멋지다!"

모두들 소리를 질렀다.

페포네가 침통한 표정으로 앞으로 나섰다. 그는 웃옷을 벗고 탁자를 움켜잡더니 이를 악물었다. 그리고 탁자를 번쩍 들어올려 풀밭 멀리 내던졌다.

많은 사람들이 몰려들었고 열광적인 환호성이 터져나왔다.

"읍장 만세!"

놀라서 입을 벌리고 있던 경찰관은 탁자를 두드려보고 움직여 보려고 했으나 헛수고였다. 그러더니 페포네를 바라보았다.

"우리 마을에서는 이런 식으로 하고 있소."

페포네는 자랑스럽게 소리쳤다.

그러자 경찰관이 말했다.

"알겠습니다. 알겠어요."

그러고는 자동차에 올라타더니 번개처럼 달아나버렸다.

페포네와 돈 카밀로는 험상궂은 표정으로 서로의 얼굴을 바라보았다. 그리고 서로 어깨를 돌리고 말 한마디 없이 각자의 집으로 돌아가버렸다.

"도대체 어떻게 된 일인지 알 수가 없군."

몰리네토 술집 주인이 투덜거렸다.

"신부건 공산주의자건 모두가 이 불쌍한 탁자만 못살게 구니. 빌어먹을 놈의 정치! 어떤 놈이 정치를 만들어냈는지!"

사건은 예상대로 끝나고 말았다. 결국 주교가 돈 카밀로를 소환했다. 그는 다리를 후들거리며 도시로 갔다.

늙고 자그마한 백발의 주교는 1층 응접실 가죽 소파에 깊숙이 앉아 있었다.

"우리 웃기로 하세, 돈 카밀로. 사람들에게 의자를 휘두르는 것으로도 부족해서 이제는 탁자까지 휘두르다니!"

주교가 말했다.

"잠시 믿음이 약했습니다, 주교님. 저, 저는……."

돈 카밀로가 더듬거렸다.

"모두 알고 있네, 돈 카밀로. 나로서는 자네를 산꼭대기의 양 떼들 한가운데로 보낼 수밖에 없을 것 같네!"

주교가 중간에서 가로막았다.

"주교님, 그들이……."

주교는 의자에서 일어나 구부정한 몸을 지팡이에 의지한 채 돈 카밀로 앞에 와서 섰다. 그러고는 몸집이 거대한 돈 카밀로의 얼굴을 보려고 고개를 위로 쳐들었다.

"그들은 중요하지 않아!"

주교는 지팡이로 위협을 하며 소리쳤다.

"하느님의 사제가, 사랑과 부드러운 마음을 가르치는 임무를 지닌 사람이 자기 이웃에게 탁자를 던지며 싸움을 할 수는 없다구! 부끄러운 줄 알게!"

주교는 창문 쪽으로 잠시 걸어가더니 몸을 돌렸다.

"그리고 나한테까지 자네 혼자였다고 말하지는 않겠지! 자네는 미리 계획을 짜서 매복까지 시켜놓았어! 혼자서는 그렇게 열다섯 명이나 해치울 수가 없네!"

"아닙니다, 주교님."

돈 카밀로가 대답했다.

"맹세코 혼자였습니다. 그 탁자가 그들 무리 위로 떨어지면서 일이 그렇게 되었습니다. 아시겠지만 저기 저것처럼 크고 무거운 탁자였습니다."

돈 카밀로는 거실 한가운데에 놓인 커다란 사각형 탁자를 손으로 두드렸다. 주교는 엄숙한 표정으로 돈 카밀로를 쳐다보았다.

"오, 악마야, 여기서 물러나라! 네가 사악한 거짓말쟁이가 아니라면 그 증거를 보여라! 할 수 있다면 저걸 들어보아라!"

돈 카밀로는 탁자로 다가가서 두 손으로 움켜잡았다. 술집의 탁자보다 훨씬 무거운 것이었다. 하지만 돈 카밀로는 일단 일을 시작하면 미국보다 무섭게 하는 사람이었다.

뼈마디가 우두둑거리는 소리가 들렸고 목 주위의 핏줄이 막대기처럼 불끈 솟아올랐다. 그래도 탁자를 바닥에서 서서히 들어올려 머리 위에 든 채 두 팔을 곧게 폈다.

주교는 숨을 멈추고 그를 바라보았다. 돈 카밀로가 탁자를 머리 위로 번쩍 쳐든 모습을 보자 주교는 지팡이로 바닥을 쳤다.

"그걸 던져라!"

"하지만, 주교님."

돈 카밀로가 신음 소리를 냈다.

"던져라. 명령이다!"

주교가 고함을 질렀다.

탁자가 구석으로 날아가 부서지자 집이 우르르 울렸다. 다행히도 거실은 1층이었다. 그렇지 않았더라면 큰 재난이 일어날 뻔했다.

주교는 탁자를 바라보더니 가서 지팡이로 부서진 조각들을 두드려보았다. 그러고는 고개를 흔들면서 돈 카밀로를 향해 돌아섰다.

"불쌍한 돈 카밀로."

주교는 한숨을 쉬었다.

"정말 유감이야……. 자네는 결코 주교가 될 수는 없을 것이네."

그는 다시 한번 한숨을 쉬더니 두 팔을 벌렸다.

"내가 자네처럼 탁자를 그렇게 휘두를 수 있었더라면, 아마도 지금까지 내 고향 마을의 교구 신부로 남아 있었을 걸세."

탁자가 부서지는 소리에 놀라 눈이 휘둥그레진 사람들이 달려와 문을 열었다.

"무슨 일입니까, 주교님?"

"아무것도 아니네."

그들은 산산조각이 난 탁자를 바라보았다.

"아, 아무것도 아니라구."

주교가 말했다.

"내가 잘못해서 그런 거야. 돈 카밀로가 나를 약간 진정시켜주었고 그래서 내가 인내심을 되찾게 된 거야. 분노에 사로잡히는 것은 정말 나쁜 일이지. 주여, 저를 용서해주십시오. 하느님, 자비를 베푸소서!"

사람들이 물러가자 주교는 앞에 무릎을 꿇고 앉아 있는 돈 카밀로의 머리를 쓰다듬었다.

"평온하게 돌아가거라, 하늘 나라 왕의 기사여."

주교는 미소를 지으며 말했다.

"고맙네. 잠시 동안 이 불쌍한 늙은이를 즐겁게 해주느라 수고했네."

돈 카밀로는 집으로 돌아와서 모든 것을 예수님께 보고했다. 예수님은 머리를 흔들더니 한숨을 쉬며 말했다.

"모두들 미쳤구나!"

화가

지셀라는 40대의 여자였다. 그녀는 광장에 사람들이 무리지어 모인 것을 보기만 하면 달려가 고개를 숙이고 사람들 틈을 헤집고 들어가서, "때려 죽여라! 총살시켜라! 목매달아라! 찢어 죽여라!" 하고 고래고래 소리를 지르는 그런 여자들 중 하나였다. 그런 여자들은 사람들이 죄인을 붙잡았기 때문에 모였는지, 아니면 그저 구두 광택제를 파는 장사꾼의 허풍을 들으려고 모였는지 조금도 신경을 쓰지 않는다.

그런 여자들은 대부분 시위 행렬에서 붉은 손수건을 목에 두르고 맨 앞에 서서 열광적인 목소리로 노래를 부른다. 집회에서 어떤 거물급 인사가 연설이라도 할 때면 이따금씩 "잘한다! 하느님 같은 소리다!" 하고 연사를 향해 고함을 지르며 난리를 친다.

203

그렇게 소리치는 그들의 목소리에는 당 집행 위원회 전체와 행동 대원 1개 부대에 해당할 정도로 열렬한 분노가 서려 있다.

지셀라는 마을에서 프롤레타리아 혁명 그 자체였다. 어느 농장에서 고용주와 노동자 사이에 크건 작건 사건이 터졌다는 소식을 듣기만 하면 당장 달려가 '대중을 매료'시키곤 했다. 농장이 멀리 떨어져 있으면 자기 남편의 자전거를 타고 달려갔다. 그러다가 길거리에서 누군가 뒤에서 뭐라고 소리치면, 돼지 같은 지주놈들이 나 감출 것이 있지 민중은 눈앞에서 엉덩이까지 높이 들어 보일 수 있는 법이라고 대꾸를 하곤 했다.

품팔이 노동자들의 파업이 일어났을 때 지셀라는 두 다리로 뛰어다니면서, 감시대의 트럭과 자전거를 타고 다니면서, 열광적인 활약을 했다. 그런데 소요가 끝나고 보름쯤 뒤에 누군가가 갑자기 그녀의 머리에 자루를 뒤집어씌우고 울타리 뒤로 끌고 가서 치마를 걷어올리고 엉덩이에다 새빨갛게 페인트 칠을 해놓았다.

그러고는 머리에 자루를 씌워놓은 채 놔두고 낄낄거리면서 사라져버렸다.

그것은 커다란 사건이었다. 왜냐하면 지셀라가 페인트를 지우려고 상당한 기간 동안 휘발유를 담은 대야에 엉덩이를 담그고 있어야 했다는 사실 이외에도, 페포네가 이 사건을 모든 프롤레타리아 대중에 대한 엄청난 모욕으로 간주했기 때문이었다. 페포네는 화가 머리끝까지 치밀었고 집회를 열어 익명의 반동 범죄자에 대해 한바탕 무서운 연설을 했다. 그러고는 항의의 표시로 총파업을 선언했다.

"모든 것을 중지한다!"

연설이 끝날 무렵 그가 소리쳤다.

"당국에서 범인을 체포할 때까지 모든 것을 중지하고, 모든 것을 폐쇄한다!"

경찰서의 경감과 네 명의 경찰관이 곧바로 활동을 개시했다. 하지만 아무도 없는 저녁에 들판에서 여자에게 자루를 뒤집어씌우고 엉덩이를 빨갛게 칠해놓은 사람을 찾아낸다는 것은 짚더미 속에서 바늘 하나를 찾아내는 것과 마찬가지였다.

"읍장님."

첫날 수사가 끝나자 경감이 페포네에게 말했다.

"참아주십시오. 총파업까지 할 필요는 없을 것 같습니다. 파업을 하지 않아도 정의는 실현되니까요."

페포네는 고개를 가로저었다.

"여러분이 그 범죄자를 잡을 때까지 이곳에선 모든 것이 정지될 것이오! 모든 것이 말이오!"

수사는 이튿날 새벽부터 다시 시작되었다. 지셀라는 얼굴에 자루를 덮고 있어서 누가 페인트 칠을 했는지 전혀 보지 못했기 때문에, 그 사건에 대해 무언가 말해줄 유일한 단서는 자루와 페인트를 뒤집어쓴 엉덩이뿐이었다. 경감은 확대경으로 자루를 샅샅

이 살펴보고, 무게를 달고, 치수를 재고, 냄새를 맡아보고, 이리저리 털어보았다. 하지만 그건 일반적인 자루였고 전혀 아무것도 말해주지 못했다. 이 세상에서 가장 말이 없고 알 수 없는 자루였다. 그러자 경감은 사람을 보내 진료소 의사를 불러왔다.

"당신이 가서 그 여자를 좀 진찰해주시오."

경감이 말했다.

"도대체 무엇을 진찰한단 말이오? 페인트 칠을 한 부위는 이미 휘발유로 닦아냈을 뿐만 아니라, 이건 그림을 그려놓고 거기다 사인을 하는 그런 화가의 작품도 아니란 말이오."

"의사 선생님, 여기에서는 논리가 통하지 않습니다. 누군가 논리적으로 말하면 모두들 웃어넘기기 때문이오. 이곳 사람들은 전혀 농담을 모르고, 모든 시민 생활을 마비시키면서 불행한 일을 초래하고 있소."

경감이 말했다.

의사는 지셀라를 진찰하러 갔다. 그리고 한 시간 후 돌아왔다.

"약간의 위산과다에다 편도선염 증세가 조금 있습니다."

의사가 두 팔을 벌리며 설명했다.

"혈압을 알고 싶으시다면 측정해 왔으니 말씀드리지요. 이게 제가 말해드릴 수 있는 모든 것이오."

저녁 무렵에 네 명의 경찰관이 돌아왔다. 아무런 증거도 없었고, 아무런 흔적도 없었다.

"좋아!"

보고를 받은 페포네가 사나운 표정으로 말했다.

"내일부터 빵집까지 폐쇄한다. 밀가루를 나누어줄 테니 각각 자기 집에서 빵을 만들어 먹으라고 해."

돈 카밀로가 사제관 앞 의자에 앉아서 신선한 공기를 마시고 있을 때 갑자기 페포네가 나타났다.

"신부님."

페포네는 명령을 하듯이 무거운 어조로 말했다.

"종지기를 불러주시오. 그리고 종탑 위에 올라가 시계를 멈춰놓으라고 해주시오. 이곳에선 모든 게 정지되어야 하오. 시계까지도 말이오. 그 비열한 녀석에게 총파업이란 게 무엇인지 보여주고 싶소. 모든 걸 정지시킬 테요."

돈 카밀로는 머리를 흔들었다.

"모든 게 정지되었군. 읍장님의 두뇌부터 말일세."

"읍장의 두뇌는 아주 잘 돌아가고 있소!"

페포네가 소리쳤다.

돈 카밀로는 반 토막짜리 토스카노 담배에 불을 붙였다.

"이봐, 페포네."

그는 부드럽게 말했다.

"자네는 자네 머리가 잘 돌아간다고 생각하지만, 사실은 그 고

집 때문에 자네가 불쌍한 웃음거리가 되었다는 것을 깨닫지 못하고 있네. 나로서는 그게 유감일세. 만약 자네가 몽둥이로 두들겨 맞는 것을 본다면 난 조금도 마음이 아프지 않을 거야. 하지만 자네가 웃음거리가 된다면 그건 나에게도 슬픈 일이네."

"나한테 신부의 걱정 따위는 아무런 상관도 없소."

페포네가 소리를 질렀다.

"시계는 멈춰야 하오. 아니면 기관총으로 갈겨 멈추게 하겠소!"

페포네의 목소리와 몸짓 속에는 처절한 분노가 서려 있었다. 돈 카밀로는 숨이 턱 막히는 것 같았다.

"종지기는 지금 없네. 그러니 우리가 올라가 보세."

그는 일어서면서 말했다. 그들은 함께 시계 탑의 사다리를 기어 올라갔다. 시계가 있는 곳에 이르자 그들은 거대한 톱니바퀴들로 만들어진 기계 장치 앞에 섰다.

"자, 여기 있네."

돈 카밀로가 톱니바퀴 하나를 가리키며 말했다.

"이 나무못을 저기 끼워 넣기만 하면 모든 것이 멈추네."

"그래요, 물론 멈추어야지요."

페포네가 땀을 흘리며 소리쳤다.

돈 카밀로는 들판 쪽으로 난 자그마한 창문 곁에 기대어 섰다.

"페포네."

돈 카밀로가 말했다.

"어느 단순한 사람의 아들이 병들었네. 아이는 밤마다 열에 시달렸는데 열을 내리게 할 방도가 없었지. 체온계는 항상 40도를 오르내렸어. 그래서 어떻게 해서든지 아이에게 뭔가 해주어야겠다고 생각한 단순한 사람은 체온계를 내동댕이치더니 발로 부숴뜨려버렸다네."

페포네는 줄곧 시계의 기계 장치만 바라보았다.

"페포네, 자네가 지금 시계를 멈추게 한다고 해서 난 비웃고 싶지 않네. 멍청한 녀석들은 비웃겠지. 하지만 나는 체온계를 발로 깨뜨려버린 그 아버지에 대해서와 마찬가지로 자네에 대해서도 똑같은 괴로움을 느끼네. 페포네, 진지하게 말해보게. 왜 시계를 멈추려는 건가?"

돈 카밀로 말했다.

페포네는 대답을 하지 않았다.

돈 카밀로가 침통한 어조로 말했다.

"자네는 이 시계가 탑 위에 있어서 하루에도 몇천 번씩 쳐다보기 때문에 세우려고 하는 거야. 자네가 어디를 가든지 이 탑 위의 시계는 감옥의 감시탑 보초의 눈처럼 자네를 지켜보지. 자네가 고개를 다른 쪽으로 돌려도 소용이 없네. 자네 등 뒤로 그 시선을 느끼기 때문이지. 자네가 집 안에 틀어박혀 베개 속에 머리를 파묻어도 그 시선은 벽을 뚫고 들어오고, 시계의 종소리가 자네에게 시간의 음성을 전해주지. 자네 양심의 목소리를 전해주는 것이지.

만약 자네가 죄를 지어 하느님을 두려워한다면 침대 위에 있는 십자가상을 감추어도 아무런 소용이 없네. 하느님께서는 자네 평생토록 참회의 목소리로 자네에게 말을 하실 걸세. 이봐 페포네, 이 탑의 시계를 세워도 아무런 소용이 없네. 자네가 시간을 멈추게 하는 건 아니니까. 시간은 계속해서 흐르네. 시간이 흐르고, 날짜가 가고, 매순간마다 자네는 시간을 잃어가는 것일세."

페포네는 고개를 들고 가슴 깊이 한껏 숨을 들이쉬었다.

"숨을 내쉬게. 공기가 팽팽한 풍선이 되겠군!"

돈 카밀로가 말했다.

"시계를 세워보게. 하지만 시간은 세우지 못하네. 그리고 곡식은 들판에서 말라 죽겠지. 소들은 마구간에서 굶어 죽을 것이고, 매순간 사람들의 식탁에서 빵은 점차 사라지겠지. 싸움이란 세상에서 가장 무섭고 나쁜 것이네. 하지만 어떤 악당이 자네의 영토에 침범하여 자네 물건과 자네 자유를 빼앗아 가려고 한다면 자네는 스스로를 지켜야 하겠지. 파업이란 성스러운 권리를 지키고, 자네의 빵과 자유, 자네 아이들의 미래를 지키는 것을 의미하네. 그런데 자네는 어리석은 자존심을 지키기 위하여 이웃에게 싸움을 걸고 있는 거라고. 그건 바로 '명예'의 싸움이지. 가장 잔인하고 저주받을 싸움이야."

"정의란······."

"자네도 인정하는 법이 있지 않은가? 그 법이 시민들을 머리 끝에서 발끝까지 완전히 지켜주고 있네. 미치광이 같은 여자의 엉덩이를 보호하기 위해 당이 직접 개입할 필요가 없네. 시계를 멈추려 하지 말고 자네의 파업이나 멈추게 하게."

그들은 아래로 내려왔다. 탑에서 내려오자 페포네는 돈 카밀로 앞에 버티고 섰다.

"돈 카밀로."

페포네가 말했다.

"우리 두 사람은 솔직하게 터놓고 말할 수가 있소. 사실대로 말해주시오. 당신이 그랬지요?"

돈 카밀로는 한숨을 쉬었다.

"아니야, 페포네. 나는 신부일세. 어떻게 그런 비열한 짓을 할 수 있겠나. 나는 기껏해야 얼굴에나 빨간 칠을 할 수 있을 뿐이네. 하지만 그렇게 되면 전혀 의미가 달라지겠지."

페포네는 그의 눈을 뚫어지게 쳐다보았다.

"나는 말일세, 나는 단지 그녀의 머리에 자루를 씌워서 묶어 가지고 울타리 뒤에까지 들어다주었을 뿐이네. 그러고는 내 볼일을 보러 갔네."

돈 카밀로가 말했다.

"그러면 울타리 뒤에는 누가 있었지요?"

돈 카밀로는 웃음을 터뜨렸다.

그러자 페포네가 심각한 어조로 말했다.

"전에 우리가 목숨을 걸어야 하는 일이 있었을 때에는 내가 당신을 믿었고 당신은 나를 믿었지요. 우리 그때처럼 합시다. 이 일은 우리 둘만이 아는 걸로 하지요."

돈 카밀로는 두 팔을 벌렸다.

"페포네, 어떤 불쌍한 사람이 자기 교구 신부에게 도움을 요청해왔네. 몇 년 전부터 혼자서 괴로워하고 고통을 받은 불행한 사람이었다네. 그의 가련한 청을 어떻게 거절하겠나? 울타리 뒤에는 그녀의 남편이 있었다네."

페포네는 지셀라의 남편을 생각했다. 자기 아내가 '대중을 선동'하기 위해 돌아다니는 동안에 혼자 밥을 해먹고 양말을 꿰매야 하는 불쌍하고 여윈 사내를 생각하자 페포네는 어깨를 움찔했다. 그러나 지셀라의 남편이 기독교 민주당원 중 한 사람이라는 사실을 생각해내고는 이마를 찡그렸다.

"돈 카밀로, 그 사람은 기독교 민주당원으로서 그런 일을 했소?"

"아니, 페포네. 남편으로서 그랬네. 단지 남편으로서 말이야."

페포네는 일을 다시 시작하라고 명령을 하기 위해 걸어나갔다.

"하지만 신부님은?"

그는 문 앞에서 돈 카밀로를 손가락으로 가리키며 물었다.

"나는 그림 그리는 데에 잠시 협조를 했을 뿐이지."

돈 카밀로는 두 팔을 벌리며 말했다.

축제

페포네는 성명서의 원고를 너무 늦게 보냈다. 그래서 문방구 겸 인쇄소 주인인 바르키니 노인은 조판을 하느라고 꼬박 다섯 시간이 걸렸다. 일이 끝났을 때 그는 너무나 피곤하고 졸려서 쓰러질 지경이었다. 하지만 초판 교정본을 가지고 사제관으로 갈 기력은 아직 남아 있었다.

"이게 무엇이오?"

돈 카밀로는 바르키니 노인이 책상 위에 펼쳐놓은 종이를 의아하다는 듯이 바라보면서 물었다.

"아주 재미있는 것입니다."

바르키니 노인이 낄낄거렸다.

먼저 돈 카밀로의 눈에 띈 것은 '민주주주의'라는 단어였는데

'주'자가 서너 개로 겹쳐 보였다. 그는 곧바로 글자 하나를 빼야 한다고 알려주었다.

"네, 알겠습니다."

바르키니 노인이 만족한 표정으로 말했다.

"그 글자를 빼서 마지막 둘째 줄의 '파벌주의'라는 단어에 넣어야겠군요. 활자가 없어서 다른 활자로 글자를 만들어야 했지요."

"그럴 필요까지는 없을 것 같군요."

돈 카밀로가 중얼거렸다.

"그대로 놔두지요. 파벌주의보다는 민주주의를 강조하는 것이 항상 좋으니까요."

그는 주의 깊게 성명서를 읽기 시작했다. 그것은 공산당 기관지를 기념하는 축제 프로그램이었는데 정치, 사회적 성격의 부속 계획도 들어 있었다.

"이 6번 항 '이탈리아 도시를 대표하는 남녀 혼성 애국적 예술적 자전거 경지'라는 게 무슨 뜻인가요?"

"아, 그건 말이지요."

바르키니 노인이 설명을 했다.

"각 남자 선수가 뒤에 아가씨를 태우고 하는 자전거 경기입니다. 아가씨들이 각각 이탈리아 도시를 대표하는 옷을 입게 되지요. 누구는 밀라노, 누구는 베네치아, 또 누구는 볼로냐, 누구는 로마를 표현하는 옷을 입는 거지요. 그리고 각 선수들도 도시의 유형에 따라서 옷을 입게 되지요. 예를 들어 뒤에 밀라노 아가씨를 태우고 가는 선수는 밀라노의 산업을 상징하는 노동자 작업복을 입지요. 볼로냐 아가씨를 태우고 가는 선수는 에밀리아 지방의 농업을 상징하는 농부 차림을 합니다. 또 제노바 아가씨를 태우는 선수는 뱃사람 복장을 하는 거지요."

돈 카밀로는 다른 여러 가지를 물어보았다.

"그러면 '대중적 정치 풍자 표적 맞추기'는 무엇이오?"

"그건 잘 모르겠습니다, 신부님. 광장 한쪽에 가건물을 하나 세우고 그 안에서 하는 건데, 맨마지막에 한답니다. 도시 대표 자전거 경주 다음으로 가장 중요한 행사라고 합니다."

그 순간까지도 돈 카밀로는 아주 냉정하게 읽어 내려갔다. 그러나 성명서의 맨마지막 부분에 이르자 깜짝 놀라 탄성을 질렀다.

"세상에 이럴 수가!"

바르키니 노인이 낄낄거렸다.

"하지만 사실입니다, 신부님. 정말 그렇다구요. 일요일 아침에 페포네와 다른 지구당 간부들이 마을 거리를 돌아다니면서 공산당 신문을 판답니다."

"정말 웃기는 일이군!"

돈 카밀로가 소리쳤다.

"절대 웃기는 일이 아닙니다! 이탈리아의 주요 도시에서는 모두들 그렇게 했다구요! 그리고 공산당 간부들만 신문팔이 노릇을 한 게 아니라 신문사 책임자들과 심지어는 국회의원들도 그랬답니다. 신문에서 보지 못하셨어요?"

바르키니 노인이 나가자 돈 카밀로는 방 안을 이리저리 거닐다가 중앙 제단의 예수님 앞에 가서 무릎을 꿇었다.
"예수님, 빨리 일요일 아침이 오게 해주십시오."
"왜 그러느냐, 돈 카밀로? 시간이 자연적으로 흘러도 너무 빨리 흐른다고 생각하지 않느냐?"
"물론이지요. 하지만 때로는 1분이 몇 시간처럼 느껴지기도 합니다."
그러고 나서 돈 카밀로는 잠시 생각했다.
"하지만 어떤 때는 몇 시간이 1분처럼 느껴지니 피장파장이로군요. 그럼 현재처럼 그냥 그대로 놔두십시오. 정상적인 방법으로 일요일 아침을 기다리겠습니다."
예수님이 한숨을 쉬었다.
"또 어떤 몹쓸 생각을 머릿속에 떠올린 거냐?"
"몹쓸 생각이라니요? 제가요? 만약 사람 얼굴에 결백이 나타난다면 저는 거울을 들여다보고 '이게 결백이다' 하고 말하겠습니다."
"아마도 '이게 거짓말이다'라고 하는 것이 더 낫겠구나."
돈 카밀로는 성호를 긋고 일어섰다.

"그렇다면 거울은 들여다보지 않겠습니다."

그는 황급히 달아나며 말했다.

마침내 일요일 아침이 왔다. 아침 첫 미사가 끝난 후 카밀로는 제일 좋은 성복을 입고, 구두를 닦고, 정성을 다해 머리를 빗었다. 그러고는 뛰지 않으려고 무진 애를 쓰면서 천천히 마을의 큰길까지 걸어갔다.

길은 사람들로 가득했다. 모두들 무관심한 표정으로 이리저리 걸어다녔지만 무엇인가를 기다린다는 것을 알 수 있었다.

마침내 멀리에서 페포네의 우렁찬 목소리가 들려왔다.

"읍장이 신문을 판다!"

모두들 소리를 지르며 갑작스러운 흥분에 사로잡혔다. 그러고는 마치 가두 행렬이 지나가는 것처럼 길가로 몰려들었다.

돈 카밀로는 맨 앞에 서서 더욱 당당히 보이려고 가슴 깊이 숨을 들이쉬었다.

페포네가 커다란 신문 뭉치를 옆구리에 끼고 나타났다. 그러자 이따금 길가에 미리 배치된 부하들 중 누군가가 군중 틈에서 나와 신문을 사곤 했다. 페포네가 신문팔이처럼 소리를 지르는 모습은 웃음을 터뜨릴 만했으나 다른 사람들은 모두 입을 다물고 있었다. 페포네가 웃고 싶은 마음이 달아날 정도로 무서운 얼굴로 이리저리 바라보았기 때문이었다. 침묵 속에서 그가 외치는 고함 소리와 길가에 죽 늘어서서 꼼짝 않는 사람들, 그리고 텅 빈 거리 한가운데를 그 거대한 사람 혼자 걸어가는 모습은 우스꽝스럽기보다는 차라리 비극적이었다.

페포네는 돈 카밀로의 앞을 지나갔다. 돈 카밀로는 그가 지나가도록 내버려두었다. 그러다가 갑자기 대포를 쏜 듯 우렁찬 돈 카밀로의 목소리가 터져나왔다.

"신문팔이!"

페포네는 우뚝 멈추어 섰다. 그는 천천히 몸을 돌려 매서운 눈초리로 돈 카밀로를 쏘아보았다. 하지만 돈 카밀로는 조금도 동요하지 않았다. 그는 주머니를 더듬어 지갑을 꺼내면서 느릿느릿 페포네를 향해 걸어갔다.

"미안하지만《옷세르바토레 로마노》한 장 주게."

그는 무관심한 듯 말했다. 하지만 그 목소리는 마을 밖에서도 들릴 지경이었다.

페포네는 고개뿐 아니라 몸 전체를 돈 카밀로를 향해 돌렸다. 말은 없었지만 그의 눈 속에는 레닌의 모든 연설을 합한 것보다 더 많은 말을 담고 있었다. 그러자 돈 카밀로는 깜짝 놀란 듯한 표정으로 미소를 띠며 두 팔을 벌렸다.

"오, 미안합니다, 읍장 나리."

그가 소리쳤다.

"정신이 없어서 당신을 신문팔이로 혼동했군요. 알겠습니다, 알겠어요. 어쨌든 당신네들 신문을 한 장 주시오."

페포네는 더욱더 힘껏 이를 악물었다. 그는 천천히 신문 한 장을 꺼내 돈 카밀로에게 내밀었다. 돈 카밀로는 신문을 받아 옆구리에 끼고는 지갑을 더듬었다. 지갑에서 5천 리라짜리 지폐를 꺼내 페포네에게 내밀었다.

페포네는 지폐를 바라보았다. 그러고는 다시 돈 카밀로의 눈을 뚫어지게 바라보며 깊게 숨을 들이쉬었다.

"알겠습니다, 알겠어요."

돈 카밀로가 지폐를 든 손을 다시 거두어들이면서 말했다.

"읍장님께서 거스름돈을 줄 수 있으리라 생각한 내가 잘못이지요."

돈 카밀로는 페포네가 옆구리에 낀 신문 뭉치를 손가락으로 가리켰다.

"동전 몇 푼밖에 벌지 못한 것 같군요. 불쌍하게도! 아직도 신문이 저렇게 그대로 있으니."

페포네는 폭력을 쓰지 않았다. 그는 신문 뭉치를 다리 사이에 끼우고는 주머니 속에 손을 넣어 돈을 한 움큼 꺼냈다. 그리고 돈 카밀로에게 5천 리라의 거스름돈을 세어주기 시작했다.

"미안하지만, 벌써 4분의 1이나 팔았소."

페포네가 돈을 세면서 이를 악물고 말했다.

돈 카밀로는 흡족한 표정으로 미소를 지었다.

"그건 정말 기쁜 일이군요. 4천 5백 리라만 주시오. 나머지는 그대로 놔두시고. 읍장님에게서 신문을 사게 된 영광이 5백 리라의 가치는 있을 테니까요. 그리고 읍장님이 이렇게 노력하는 데도 판매 부수가 적어 운영하기가 힘든 신문을 도와준다는 즐거움도 있고 말입니다……."

페포네는 땀을 흘렸다.

"4천 9백 85리라!"

그가 소리쳤다.

"단 한 푼도 더 받지 않았소, 신부님! 우리는 당신의 도움 따위는 필요로 하지 않소!"

"오, 알겠습니다, 알겠어요."

돈 카밀로는 거스름돈을 주머니에 넣으면서 애매한 표정을 지었다.

"더 할 말이 있소?"

페포네가 주먹을 움켜쥐며 소리를 질렀다.

"천만에요. 할 말은 없습니다."

그는 신문을 펼쳤다. 그동안에 페포네는 자세를 가다듬었다.

"우-니-타."

돈 카밀로는 천천히 읽었다.

"오, 정말 이상하군! 이거 이탈리아어로 씌어 있잖아!"

페포네는 짤막하게 고함을 쳤다. 그러고는 서방 세계에 대해 선전 포고라도 하는 듯이 분노어린 목소리로 소리를 지르기 시작했다.

"아, 미안합니다."

돈 카밀로 중얼거렸다.

"그렇게 화내지 마시오. 나는 정말로 이 신문이 소련 글자로 씌어 있는 줄 알았소이다."

그날 오후 연설이 끝나고 대중 축제가 시작되었다는 소식을 듣고 돈 카밀로는 집을 나섰다. 그는 떡 벌어진 어깨를 이리저리 흔들면서 광장을 돌아다녔다.

자전거 경주는 정말로 멋진 구경거리였다. 트리에스테 시가 일등으로 결승점에 도착했는데, 그 자전거에는 스밀초가 타고 있었다. 트리에스테 시에 관해서는 벌써 그날 아침부터 여러 가지 말이 많았다. 지구당 회의 석상에서 몇몇이 트리에스테는 당시의 정치적 상황으로 보아 포함시키지 말아야 한다고 말했다. 하지만 페포네가 자기 동생이 트리에스테 해방 전쟁에서 죽었으니 트리에스테를 참가시키지 않는 것은 자기 동생을 인민의 배반자로 만드는 것과 같다고 고함을 질러댔다. 그렇게 해서 트리에스테도 참가하게 되었다. 스밀초의 애인인 카롤라가 트리에스테를 상징하는 옷으로 풍만한 가슴 위에 창이 그려진 삼색기의 옷을 입었다. 그리고 스밀초는 1915~18년 전쟁 시의 보병 복장을 하고 헬멧을 쓰고 소총을 멜빵으로 비스듬히 걸머졌다. 무더운 날씨에도 불구하고 페포네는 스밀초에게 1등으로 도착하라고 명령을 내렸다.

"나와 내 동생을 위해 1등을 해야 해."

페포네가 말했었다.

그래서 스밀초는 1등으로 도착했다. 하지만 땀을 뻘뻘 흘리며 숨을 헐떡였기 때문에 인공 호흡을 시켜야만 했다.

트리에스테가 보병 복장을 하고 1등으로 들어오는 모습을 보고 돈 카밀로는 미친 듯이 열광적으로 환호했다. 그는 또 자루 입고 달리기와 벽돌 부수기도 재미있게 구경했다. 그러다가 '정치 풍자 표적 맞추기'가 시작되었다는 소리를 듣고 군중 속에 섞여 임시로 세워놓은 건물로 갔다.

가건물 주위에는 엄청난 군중이 몰렸다. 하지만 일단 움직였다 하면 판체르 탱크처럼 움직이는 돈 카밀로는 조금도 개의치 않았다. 모두들 웃으면서 소리를 지르는 것으로 보아 재미있는 놀이임에 틀림이 없었다.

그것은 단순한 놀이였다. 1미터 50센티미터 정도의 커다란 나무 인형들을 공으로 맞추어 넘어뜨리는 놀이였다. 인형들은 도시에서 온 아주 훌륭한 화가가 멋지게 그림을 그려놓았다. 특히 중요한 것은 그 인형들이 우파와 중도파의 주요 정당 인사들을 완벽하게 풍자적으로 묘사했다는 점이었다.

그리고 그 중 가장 큰 인형은 바로 돈 카밀로의 모습이었다.

돈 카밀로는 그걸 곧바로 알아차렸다. 화가는 그의 모습을 정말로 우스꽝스럽게 그렸다. 그제서야 돈 카밀로는 사람들이 왜 그렇게 웃었는지 깨달았다.

그는 아무 말도 하지 않았다. 그저 이를 악물고 팔짱을 낀 채 바라보았다.

붉은 손수건을 목에 두른 젊은이 하나가 앞으로 나서더니 공 여섯 개를 사서 던지기 시작했다. 인형은 모두 여섯 개였고 오른쪽 맨 마지막 것이 돈 카밀로 인형이었다. 젊은이는 정확하게 공을 던졌고 공에 맞을 때마다 인형이 넘어졌다. 첫 번째 인형이 넘어지고, 두 번째, 세 번째, 네 번째 인형이 모두 넘어졌다. 그러나 서 있는 인형이 점점 줄어들수록 사람들의 환호성도 점점 줄어들었다. 그리하여 다섯 번째 인형이 쓰러졌을 때는 완전한 정적이 감돌았다.

이제 돈 카밀로 인형의 차례였다.

젊은이는 자기 곁에 한 걸음 떨어져 선 돈 카밀로를 곁눈질로 흘끔흘끔 바라보더니 공을 탁자 위에 올려놓고 가버렸다.

사람들이 웅성거리기 시작했다. 더는 아무도 앞으로 나서지 않았다. 그때 갑자기 페포네가 나타났다.

"공을 이리 주게."

페포네가 말했다.

건물의 관리인이 여섯 개의 인형을 모두 다시 세워놓고 공 여섯 개를 페포네 앞의 탁자 위에 올려놓았다. 페포네가 공을 던졌고, 사람들은 한 걸음씩 뒤로 물러섰다.

첫 번째 인형이 넘어졌다. 그러고 나서 두 번째, 세 번째. 페포네는 무서울 정도로 광폭하게 공을 던졌다.

네 번째 인형이 쓰러지고, 다섯 번째 인형이 쓰러졌다. 마지막 돈 카밀로 인형만 남았다.

돈 카밀로는 천천히 고개를 돌려 페포네의 눈을 바라보았다. 두 눈이 마주치자 거기에서 몇 초 동안에 아주 기나긴 대화가 이루어졌다. 페포네의 얼굴이 창백해진 것으로 보아 돈 카밀로의 눈이 특히 열광적인 웅변을 한 것이 분명했다. 하지만 그것은 아무런 의미가 없었다. 페포네는 소매를 걷어붙이고 두 다리를 떡 버티고 서서 인형을 겨누었다. 그리고 천천히 팔을 뒤로 젖혀 힘차게 공을 던졌다.

그런 공에 맞는다면 나무 인형이 아니라 황소라도 쓰러졌을 것이다. 그 정도로 페포네는 힘 있게 공을 던졌다. 그런 공을 맞자 인형은 뒤로 비틀거렸다.

하지만 인형은 쓰러지지 않았다.

"뒤에 용수철이 걸려 있습니다."

표적 맞추기 관리인이 인형의 뒤를 살펴보고 나서 말했다.

"언제나 똑같은 바티칸의 술책이로군."

페포네가 비웃더니 웃옷을 입고 가버렸다. 그제서야 사람들은 악몽에서 깨어난 듯 다시 웃기 시작했다.

돈 카밀로도 역시 자리를 떴다. 그리고 그날 저녁 늦게 페포네가 사제관으로 찾아왔다.

"내 말 좀 들어보시오."

그가 침울한 표정으로 말했다.

"곰곰이 다시 생각해본 후에 신부님이 간 뒤로 신부님 인형을 치우게 했소. 그 일을 종교에 대한 모독으로 오해하지 않도록 말입니다. 나는 단지 정치적인 인물로 신부님께 그랬을 뿐이오. 나머지는 관심도 없어요."

"그거 잘되었군."

돈 카밀로가 대답했다.

페포네가 문 쪽으로 갔다.

"당신에게 공을 던진 데 대해서 진정으로 미안하게 생각하고 있소. 어쨌든 그건 잘된 일이오."

"그렇지. 잘된 일이지."

돈 카밀로가 대답했다.

"내 인형이 쓰러졌다면 자네도 역시 쓰러졌을 테니까. 나는 코끼리라도 쓰러뜨릴 주먹을 준비하고 있었다네."

"나도 알았소."

페포네가 중얼거렸다.

"어쨌든 그건 우리 당의 명예에 관한 문제라서 공을 던질 수밖에 없었소. 게다가 당신은 오늘 아침 나를 사람들 앞에서 바보로 만들어버렸지요."

돈 카밀로는 한숨을 쉬었다.

"그것도 역시 맞는 말이네."

"그러니, 우린 비긴 거요."

페포네가 결론을 내렸다.

"아직 그렇지 않네, 페포네."

돈 카밀로는 무언가 페포네에게 내밀면서 중얼거렸다.

"내가 오늘 아침에 준 5천 리라짜리 지폐를 나한테 돌려주고 이것을 받게. 오늘 아침 그 돈은 위조 지폐였네."

페포네는 두 주먹을 옆구리에 갖다 댔다.

"당신은 정말 사기꾼이요, 아니요? 그럴 줄 알았으면 당신 인형에다 공을 던질 게 아니라, 당신 머리에다 폭탄을 던질 걸 그랬소! 그리고 이제 와서 어떻게 한단 말이오? 오늘 연사와 함께 온 연방 지구당 책임자에게 그 돈은 주어버렸으니."

돈 카밀로는 돈을 다시 지갑에 집어넣었다.

"정말 유감이로군."

그는 한숨을 쉬었다.

"자네 당에 손해를 끼쳤다는 생각을 하면 죽을 때까지 마음이 편치 못하겠군!"

페포네는 위험한 사태를 피하기 위해 서둘러 자리를 떴다.

할머니 선생님

크리스티나 선생님은 마을에서 기념비적인 인물이었다. 그녀는 아버지들, 자식들, 자식들의 자식들에게 글자를 가르치느라고 이제는 늙고 여윈 자그마한 할머니가 되어 있었다. 모두 알다시피 현재는 마을에서 약간 떨어진 조그마한 외딴집에서 혼자 살았는데 연금만으로도 생활을 꾸려갈 수가 있었다. 왜냐하면 가게에 사람을 보내 버터나 고기, 또는 다른 식료품 50그램을 사 오게 하면, 50그램 값만 받고 100그램이나 150그램을 주어 보내기 때문이었다.

다만 달걀만은 그럴 수가 없었다. 비록 선생님이 3천 살이나 먹어 무게에 대한 감각은 잃어버렸을지라도 달걀 두 개를 주문했는데 여섯 개를 보내 오면 금방 알아차리기 때문이다. 그런데 의사가 그 문제를 해결해주었다. 어느 날 선생님을 만난 의사가 건강에 좋지 않으니 다음부터 달걀을 먹지 말라고 했기 때문이었다.

모두들 할머니 선생님을 두려워했다. 돈 카밀로마저 그녀를 피하려고 노력했다. 불행하게도 돈 카밀로의 개가 크리스티나 선생님의 채소밭을 뛰어넘어가 제라늄 화분을 깨뜨린 이후로 그를 만나기만 하면 지팡이를 휘두르며 볼셰비키 신부에게 무슨 하느님이냐고 고함을 지르곤 했기 때문이었다.

페포네도 역시 마찬가지였다. 그는 어렸을 때 개구리, 어린 새새끼, 그리고 다른 불결한 것들을 주머니에 넣고 학교에 가곤 했으며, 언젠가는 암소를 타고 오기도 했다. 또 다른 멍청이 브루스코가 마부 노릇을 하며 함께 왔다. 선생님은 거의 집 밖으로 나가지 않았으며 불필요한 잡담을 싫어했기 때문에 다른 사람과 말을 나누는 법이 거의 없었다. 하지만 페포네가 읍장이 되어 성명서를 발표한다는 말을 들었을 때 할머니 선생님은 모처럼 외출을 했다. 광장에 도착하자 할머니 선생님은 벽에 나붙은 성명서 앞에서 걸음을 멈추고 안경을 쓰고 잔뜩 눈살을 찌푸린 채 성명서를 처음부터 끝까지 다 읽었다. 그러더니 손가방을 열고 빨강, 파랑색 연필을 꺼내 틀린 곳에 표시를 하고는 성명서 맨아래다 "4점, 멍청이!"라고 써놓았다.

그 뒤에는 마을의 주요 '빨갱이' 인사들이 있었지만, 팔짱을 끼고 입을 굳게 다문 채 서로 얼굴만 바라볼 뿐이었다. 하지만 그 누구도 감히 뭐라고 말할 용기가 없었다.

크리스티나 선생님의 땔나무 헛간은 집 뒤의 채소밭 옆에 있었는데 언제나 가득 차 있었다. 이따금 밤이 되면 누군가 울타리를 넘어와 장작 서너 개를 던져놓거나 나뭇단을 가져다놓았기 때문이었다. 하지만 겨울은 추웠다. 그리고 그 작고 구부정한 어깨를 내리누르는 나이가 너무나도 많아 외출할 때마다 갈비뼈가 결리곤 했다. 따라서 할머니 선생님이 돌아다니는 모습을 더는 볼 수가 없었으며, 이제는 달걀 두 개를 사러 보냈는데 여덟 개를 보내와도 알아차리지 못했다. 그러던 어느 날 저녁 무렵 페포네가 회의를 하는 도중에 누군가 와서 크리스티나 선생님이 찾는다고 전했다. 선생님이 위독하여 시간이 없으니 빨리 서두르라고 했다.

돈 카밀로는 그 이전에 부름을 받았다. 그는 시간을 다투는 문제라 황급히 달려갔다. 새하얗고 커다란 침대에 누워 있는 할머니 선생님은 너무나도 작고 여윈 모습이어서 마치 어린아이 같았다. 하지만 할머니 선생님은 아직 정신을 잃지 않고 있었다. 선생님은 돈 카밀로의 거대한 몸집을 알아보고는 자그마한 미소를 지었다.

"아, 신부님은 지금 내가 한 보따리 죄를 지었다고 고해를 하면 기분이 좋겠지! 응? 하지만 사랑하는 신부님, 난 아무것도 없다네. 그래, 나는 아무런 회한도 없이 깨끗한 영혼으로 죽고 싶어서 자네를 부른 것이야. 그러니 자네가 내 제라늄 화분을 깨뜨린 것을 용서해주지."

"선생님이 저를 '볼셰비키 신부'라고 부른 것을 용서해드리겠습니다."

돈 카밀로가 속삭였다.

"고맙네. 하지만 그럴 필요가 없다구."

할머니 선생님이 대꾸했다.

"어떤 일이든지 그 안에 들어 있는 정신이 중요하기 때문이야. 그러니 내가 볼셰비키 신부라고 부른 것은 페포네 읍장을 멍청이라고 한 것과 마찬가지라고. 모욕을 주려고 한 것은 전혀 아니란 말이야."

돈 카밀로는 크리스티나 선생님에게 이제는 아무리 하찮은 것일지라도 모든 인간적인 자만심은 버려야 할 순간임을 이해시키기 위해 기다란 연설을 하기 시작했다. 왜냐하면 천당에 갈 희망을 가지려면…….

"희망이라구?"

크리스티나 선생님이 중간에서 가로막았다.

"천만에, 나는 확실히 천당에 간다구!"

"그건 바로 자만심의 죄입니다."

돈 카밀로가 부드럽게 말했다.

"그 어떤 인간도 언제나 하느님의 계율에 따라 살았다는 확신을 가질 수가 없습니다."

크리스티나 선생님은 미소를 지었다.

"이 크리스티나 선생은 예외야."

선생님이 대답했다.

"어젯밤에 크리스티나 선생에게 예수 그리스도께서 오셔서 분명 천당에 갈 것이라고 말해주었다고! 그러니까 이 크리스티나 선생은 확실하지. 아마도 자네는 예수 그리스도를 잘 모르는 모양이로군!"

그렇게 분명하고, 그렇게 흔들림이 없고, 그렇게 놀라울 정도의 확신 앞에서 돈 카밀로는 숨이 막힐 지경이었다. 그는 한쪽 구석에 가서 기도를 드리기 시작했다.

그때 페포네가 도착했다.

"자네가 개구리와 다른 불결한 것을 가지고 다닌 것을 용서해 주겠네."

할머니 선생님이 말했다.

"난 자네를 알아. 본성은 나쁜 사람이 아니라는 것도 알지. 하느님께 자네의 큰 죄들을 용서해달라고 기도하겠네."

"선생님, 저는 절대로 아무 죄도 짓지 않았다구요."

페포네가 중얼거렸다.

"거짓말하지 말아!"

크리스티나 선생님이 엄하게 꾸짖었다.

"너와 다른 볼세비키 녀석들이 국왕을 내쫓았잖아! 왕을 멀리 떨어진 섬으로 보내 자식들과 함께 굶어 죽게 만들었다구."

할머니 선생님은 울기 시작했다. 그렇게 자그마한 할머니 선생님이 우는 모습을 보자 페포네는 고함을 지르고 싶었다.

"사실이 아닙니다."

그가 소리쳤다.

"사실이라구."

선생님이 대답했다.

"빌레티 씨가 신문에서 보고 라디오에서 들었다고 말해줬단 말이야."

"내일은 그 돼지 같은 반동 녀석의 얼굴을 바숴놓아야지!"

페포네가 중얼거렸다.

"돈 카밀로, 사실이 아니라고 당신이 말 좀 해주시오!"

돈 카밀로가 가까이 다가갔다.

"선생님께서 잘못 아셨습니다. 그건 모두 거짓말입니다. 외딴 섬으로 보내지도 않았고 굶어 죽지도 않았습니다. 모두 거짓말이라구요. 제가 장담하겠습니다."

그는 부드럽게 설명했다.

"그렇다면 괜찮군."

선생님은 기분이 좋아져서 말했다.

"게다가, 절대 우리가 내쫓은 게 아니라구요! 국민 투표를 실시해서 국왕을 원하지 않는 사람들이 원하는 사람보다 더 많다는 결과가 나왔던 겁니다. 그래서 나가게 된 것이지 아무도 쫓아 보낸

게 아닙니다. 민주주의란 그렇게 운영된다구요!"

페포네가 소리쳤다.

"무슨 놈의 민주주의야!"

크리스티나 선생님이 엄하게 꾸짖었다.

"왕을 쫓아내지 말아야 한다구!"

"죄송합니다."

당황한 페포네가 대답했다.

그 이외에 뭐라고 대답한단 말인가?

그러나 크리스티나 선생님은 잠시 안정을 취하더니 말했다.

"자네가 읍장이니 내 유언을 남기겠네. 이 집과 보잘것없는 내 물건들은 필요한 사람들에게 주게. 내 책들은 자네에게 필요할 테니 가지라구. 자네는 작문 연습을 많이 하고 동사를 좀 더 공부해야 해."

"네, 선생님."

페포네가 대답했다.

"그리고 큰일이 아니니까 내 장례식은 음악 없이 해주게. 옛날식으로 마차도 없이 해주게. 관을 어깨 위에 메고 말이야. 그리고 관 위에 국기를 덮어주게."

"네, 선생님."

페포네가 대답했다.

"내 국기는……."

크리스티나 선생님이 말했다.

"저기 옷장 옆에 있어. 왕가의 문장이 그려진 국기 말이야."

그게 전부였다. 잠시 후 크리스티나 선생님은 낮게 중얼거렸다.

"페포네, 자네가 볼셰비키일지라도 하느님께서 축복해주시기를."

그러고 나서 선생님은 두 눈을 감았고 다시는 뜨지 않았다.

이튿날 아침 페포네는 각 정당의 대표자들을 읍사무실로 불렀다. 모두들 모이자 그는 크리스티나 선생님께서 돌아가셨으니 인민의 감사하는 마음을 표현하기 위해 엄숙한 장례식을 치러야 할 것이라고 말했다.

"이것은 읍장으로서 여러분께 말하는 거요. 그리고 읍장이자 모든 주민의 의사를 대표하는 자로서 여러분을 여기 부른 것은 바로 내일 장례식을 내 마음대로 했다는 소리를 듣지 않기 위해서요. 사실 크리스티나 선생님께서는 최후의 유언으로 관을 어깨 위에 메고 그 위에 왕가의 문장이 있는 국기를 덮어달라고 하셨소. 그러니 여기서 각자 생각하는 바를 모두 말하시오. 반동적인 정당의 대표자들은 말없이 즐거워하고 있을 거요. 그들은 악대까지 동원해 소위 왕가의 행진곡을 연주한다면 더욱더 좋아할 것이오."

맨 먼저 행동당의 대표가 말했다. 그는 대학을 나온 사람이라 말을 썩 잘했다.

"단 한 사람의 고인을 위하여 몇십만 명의 다른 고인들에게 모욕을 가할 수는 없습니다. 그 많은 고인들의 희생으로 인민들은 공화국을 쟁취한 것입니다!"

그런 식으로 그는 아주 열광적이면서도 지극히 세련되게 연설을 했다. 그리고 크리스티나 선생님이 왕정 하에서 일했지만 결국 조국을 위해 일했으므로 현재의 조국을 나타내는 공화국 국기를 관 위에 덮어도 나쁠 것이 없다고 결론을 내렸다.

"옳소!"

마르크스보다 더 열성적인 마르크스주의자인 사회당 대표 베골리니가 찬성을 했다.

"이제 감상과 향수의 시대는 끝났습니다. 왕가의 문장이 있는 국기를 원했다면 전에 일찌감치 죽었어야 합니다!"

"아니, 그건 어리석은 소리입니다!"

역사적 공화주의자의 대표인 약사가 말했다.

"그보다는 차라리 이렇게 말해야 합니다. 그 문장을 장례식에서 공공연히 과시하면 사람들의 분노를 불러일으킬 수도 있으며, 그것은 비록 장례식을 망치지는 않을지라도 하나의 정치적인 집회로 만들어서 그 숭고한 의미를 손상시킬 수도 있다고 말입니다."

다음은 기독교 민주당 대표의 차례였다.

"죽은 사람들의 의지는 성스러운 것입니다."

그는 근엄한 목소리로 말했다.

"특히 고인이 되신 선생님의 의지는 우리에게 더 신성한 것입니다. 우리 모두 선생님을 사랑하고 존경하며 그분의 활동을 사도처럼 받들고 있기 때문입니다. 바로 그러한 존경심 때문에, 또 그분에 대한 추모의 정 때문에 우리는 고인의 성스러운 추념에 대한 모욕이 될 수도 있는 모든 최소한의 불상사라도 피하기 위해 미리 노력하자는 것입니다. 따라서 우리도 역시 다른 분들과 마찬가지로 옛날 국기를 사용하지 말자는 의견입니다."

페포네는 고개를 끄덕여 진지하게 동의를 표했다. 그러고는 돈 카밀로를 향해 몸을 돌렸다. 돈 카밀로도 역시 초대되어 왔다. 돈 카밀로의 얼굴은 창백했다.

"신부님께서는 어떻게 생각하십니까?"

"본 신부로서는 먼저 읍장님의 의견이 어떤지 들어보고 싶습니다."

페포네는 잠시 목청을 가다듬더니 말을 시작했다.

"읍장으로서 먼저 여러분의 협조에 감사드립니다. 또한 읍장으로서 고인이 요청한 국기의 사용을 피하자는 여러분의 의견에 찬성합니다. 하지만 이 고장에서는 읍장이 명령을 내리는 것이 아니라 공산주의자들이 명령을 내리고 있습니다. 따라서 그 공산주의자들의 대표로서 나는 여러분들의 의견을 기각시키겠소. 내일 크리스티나 선생님은 선생님이 원하시는 국기를 덮고 묘지로 가실 것이오. 왜냐하면 나는 살아 있는 여러분 모두보다 돌아가신 선생님을 더 존경하기 때문이오. 누구든지 반대하는 사람은 내가 저 창문 너머로 날려버리겠소! 신부님께서는 다른 할 말이 있으시오?"

"저는 폭력에 굴복할 따름이지요."

돈 카밀로는 하느님의 은총을 다시 한번 느끼면서 두 팔을 벌리고 대답했다.

그렇게 해서 크리스티나 선생님은 다음날 페포네, 브루스코, 비지오, 풀미네가 어깨에 멘 관 속에 누워 묘지로 향했다. 네 사람은 모두들 목에다 불처럼 새빨간 손수건을 둘렀다. 하지만 관 위에는 할머니 선생님의 국기를 덮었다.

이것은 태양이 사람들의 머리 위로 눈부시게 쏟아져 내리고 사람들이 머리보다는 주먹으로 먼저 말하는 곳, 그러면서도 최소한 죽은 사람들을 존경하는 곳인 그 이상스러운 마을에서나 일어날 수 있는 일이었다.

다섯 더하기 다섯

정치적인 문제로 인하여 사태가 심각하게 악화되었을 무렵이었다. 비록 특별한 사건은 일어나지 않았지만 페포네는 돈 카밀로를 만날 때마다 역겹다는 듯이 얼굴을 찌푸리며 고개를 다른 쪽으로 돌리곤 했다.

그러다가 광장에서 집회를 열었을 때 연설을 하다가 페포네는 돈 카밀로에게 넌지시 모욕적인 말을 했고 심지어는 '골샌님 까마귀 신부님'이라고 부르기도 했다.

이에 대해 돈 카밀로는 교구 신문에다 풍자적인 시를 실어 응수했다. 그 결과 어느 날 밤 누군가 사제관 문 앞에다 거름을 한 수레나 부려놓았고, 돈 카밀로는 아침에 사다리를 타고 창문으로 넘어 나와야 했다. 거름 더미 위에는 "돈 카밀로, 대갈통에 거름이나 주시오"라고 쓴 팻말이 꽂혀 있었다.

거기서부터 신문이나 벽보를 통하여 심한 말싸움이 시작되었는데 어찌나 격렬한지 한바탕 치열한 충돌의 분위기가 감돌았다. 돈 카밀로가 신문을 통하여 마지막으로 반박을 한 이후 사람들은 모두들 "페포네 쪽에서 가만히 있는다면, 내 손에 장을 지지겠다"라고 말하곤 했다.

그런데 페포네 쪽에서는 아무런 응답이 없었다. 오히려 근심스러운 침묵으로 일관했고, 그것은 마치 폭풍 직전의 정적과도 같았다.

어느 날 저녁 돈 카밀로가 성당 안에서 기도에 몰두하고 있을 때 종탑의 문이 삐걱거리는 소리가 들렸다. 그리고 그가 채 일어서기도 전에 페포네가 앞에 서 있었다.

페포네는 무서운 얼굴이었으며 한 손을 등 뒤로 돌리고 있었다. 그는 술에 취한 것 같았고 헝클어진 머리가 이마 위로 흘러내렸다.

돈 카밀로는 곁눈질로 옆에 놓인 커다란 촛대를 훔쳐보았다. 그러고는 거리를 정확히 잰 후 벌떡 일어나 물러서면서 한 손으로 무거운 청동 촛대를 꽉 움켜쥐었다.

페포네는 입을 굳게 다물고 돈 카밀로의 눈을 뚫어지게 쳐다보았다. 돈 카밀로는 모든 신경을 곤두세웠으며 페포네가 등 뒤에 감춘 것을 앞으로 내놓기만 하면 번개처럼 촛대를 날릴 참이었다.

페포네는 천천히 등 뒤에 감추었던 손을 앞으로 꺼내 기다랗게 싼 꾸러미 하나를 돈 카밀로에게 내밀었다.

의혹에 가득 찬 돈 카밀로는 좀처럼 손을 뻗어 받을 기미를 보이지 않았다. 그러자 페포네는 제단 난간 위에 꾸러미를 내려놓고 겉에 싼 푸른 종이를 잡아 찢었다. 거기에서는 포도나무 받침대처럼 굵고 기다란 다섯 자루의 초가 나타났다.

"아이가 죽어가고 있소."

침통한 목소리로 페포네가 말했다.

그러자 돈 카밀로는 누군가가 페포네의 아이가 4, 5일 전부터 아프다고 말한 것을 기억해냈다. 하지만 돈 카밀로는 대수롭지 않은 일이라 생각하고 별로 신경을 쓰지 않았다. 이제서야 그는 페포네의 응답 없는 침묵을 이해할 수 있었다.

"죽어가고 있어요."

페포네가 말했다.

"어서 이 초를 좀 켜주시오."

돈 카밀로는 성구실로 가서 촛대 몇 개를 가져와 그 커다란 다섯 자루의 초를 꽂고 예수님 앞에 세워놓으려고 했다.

"안 돼요."

페포네가 화가 나서 말했다.

"저 사람은 당신과 한편이오. 촛불을 정치와 상관이 없는 저 여자 앞에 켜주시오."

돈 카밀로는 성모 마리아를 '저 여자'라고 부르는 소리를 듣자 이를 악물었고 페포네의 머리통을 후겨갈겨주고 싶은 충동을 느꼈다. 하지만 그는 말없이 왼쪽 기도실로 촛불을 들고 가서 성모 마리아상 앞에 세워놓았다.

그러고는 페포네를 향해 돌아섰다.

"기도를 하시오!"

페포네가 엄숙한 목소리로 명령했다.

그러자 돈 카밀로는 무릎을 꿇고 성모 마리아에게 저 다섯 자루의 커다란 초는 페포네가 병든 자기 아들을 도와달라고 바치는 것이라고 나지막한 목소리로 말했다.

그가 다시 일어섰을 때 페포네는 이미 사라지고 없었다.

중앙 제단 앞을 지나가면서 돈 카밀로는 황급히 성호를 긋고 슬그머니 빠져나가려고 했다. 그때 예수님의 음성이 그를 불러 세웠다.

"돈 카밀로, 무슨 일이냐?"

돈 카밀로는 겸손하게 두 팔을 벌렸다.

"죄송합니다."

그가 말했다.

"저 버릇없는 녀석이 불경스럽게 대해서 죄송합니다. 저로서도 어떻게 말해볼 도리가 없었습니다. 죽어가는 자식 때문에 머리가 돌아버린 사람하고 어떻게 논쟁을 할 수 있겠습니까?"

"잘한 일이다."

예수님이 대답했다.

"정치란 정말 몹쓸 것입니다."

돈 카밀로가 설명했다.

"예수님께서는 언짢아하지 마십시오. 페포네를 너무 나무라지 마십시오."

"무엇 때문에 내가 언짢아한단 말이냐?"

예수님이 속삭였다.

"오히려 페포네가 내 어머니를 존경해주어서 내 마음이 한없이 기쁘다. 단지 '저 여자'라고 부른 것이 약간 기분나쁠 뿐이다."

돈 카밀로는 머리를 흔들었다.

"예수님께서 잘못 들으신 겁니다. 그는 단지 '저기 저 의자 앞에 있는 성스러운 성모 마리아님 앞에 촛불을 모두 켜주시오' 하고 말했던 겁니다. 절대 그럴 리가 없습니다! 그런 말을 했더라면 아들이건 뭐건 제가 발로 차서 내쫓았을 것입니다!"

"그렇다면 정말로 기분이 좋구나."

예수님이 미소를 지으며 말했다.

"정말로 기분이 좋다구. 하지만 나한테는 '저 사람'이라고 말했느니라."

"그건 부정하기 어렵겠지요."

돈 카밀로가 인정했다.

"어쨌든 저는 그가 저한테 면박을 주기 위해 그런 것이지, 예수님께 그런 말을 한 것은 아니라고 확신합니다. 맹세코 저는 그렇게 확신하고 있습니다."

돈 카밀로는 밖으로 나갔다. 그러고는 4, 50분이 지난 후에 잔뜩 흥분해서 다시 들어왔다.

"예수님, 제가 말씀드렸지요?"

그는 난간 위에서 꾸러미 하나를 풀면서 소리쳤다.

"그가 예수님 앞에 켜놓을 초를 다섯 자루 가지고 왔다구요! 어떻게 생각하십니까?"

"그건 정말로 멋진 일이구나."

예수님이 미소를 지으면서 대답했다.

"이번 것은 약간 작습니다."

돈 카밀로가 설명했다.

"하지만 이런 일에서 중요한 것은 바로 그 의도입니다. 그리고 페포네가 부자가 아니란 점을 고려해주셔야 합니다. 의사를 부르고 약값을 대느라 눈병까지 났다구요."

"그 모든 것이 정말 아름다운 일이다."

예수님이 다시 말했다.

곧바로 다섯 자루의 초가 더 켜졌고 마치 50자루나 되는 것처럼 환하게 타올랐다.

"다른 초보다 유난히 환하게 빛나는 것 같군요."

돈 카밀로가 말했다.

그리고 그건 정말로 다른 초보다 더욱 환하게 빛을 발했다. 왜냐하면 그건 돈 카밀로가 마을로 달려가 잠자는 가게 주인을 깨워서 가진 돈을 모두 털어 약간의 선불만을 주고 외상으로 가져온 초였기 때문이었다. 이런 모든 것을 예수님은 다 알았지만 아무런 말도 하지 않았다. 하지만 예수님의 눈에서는 눈물 한 방울이 흘러내려 십자가의 검은 나무를 한 가닥 은빛으로 적셔놓았다. 그것은 바로 페포네의 아들이 완전히 나았다는 의미였다.

일은 그렇게 끝났다.

옮긴이의 말

이 책은 조반니 과레스키(Giovanni Guareschi, 1908~1968)의 작품집 《조그마한 세상 Mondo piccolo》 시리즈 중에서 〈돈 카밀로〉를 번역한 것이다.

이탈리아 북부 파르마 근처의 조그마한 고장에서 태어난 과레스키는 열여덟 살 이후로 줄곧 저널리즘에 종사했는데, 부업으로 광고 만화가, 전기 기사, 무대 미술가, 풍자 만화가, 가정 교사, 자료 조사 직원, 우유 가공 공장의 디자이너, 설탕 공장의 수위 등 여러 가지 일을 하기도 했다. 그런 풍부한 체험과 예리한 작가적 감각이 어우러져 빚어낸 그의 작품 세계에서는 그야말로 흥미진진한 이야기들이 쏟아져 나온다.

《조그마한 세상》은 제2차 세계대전 이후 이탈리아의 어느 외진 시골 마을을 배경으로 공산주의자 읍장 페포네와 교구 신부 돈 카밀로 사이에서 벌어지는 재미있는 이야기들로 이루어져 있다. 하지만 그 이야기들은 단순한 해프닝이나 웃음거리로만 끝나지 않고 당시 이탈리아의 정치 사회적 현실을 풍자적으로 암시하면서 동시에 독자들의 강한 공감대를 형성한다. 그건 아마도 등장 인물들이 벌이는 갖가지 우스꽝스러운 사건들 속에 따뜻한 인간애가 배어 있고 단순 소박한 인정이 넘치기 때문일 것이다. 등장 인물들의 천진스러울 정도로 인간적인 행동은 모든 정치적 이데올로기와 추상적 이론들을 무기력하게 만들어버린다. 그들 생활의 밑바닥에 인간에 대한 사랑, 휴머니즘이 깔려 있기 때문이다.

따라서 여기에 나오는 모든 등장 인물들은 외형적으로는 보잘 것없는 존재이면서도 실질적으로는 자신의 삶을 당당하게 영위하는 작은 영웅이라 할 수 있다. 어렵고 힘든 시대일수록 진정으로 인간을 사랑하는 그런 작은 영웅들이 필요하다. 돈 카밀로와 페포네로 상징되는 두 개의 이데올로기 또는 두 개의 선(善)이 서로 충돌하고 어우러지는 그 조그마한 세상은 곧바로 인간 현실이며 우리 자신의 모습이다. 진정으로 인간다운 삶을 위해 노력할 때 우리 스스로가 작은 영웅이 될 수 있을 것이다.

번역은 리촐리(Rizzoli) 출판사의 *Don Camillo*를 원전으로 했다. 가능한 한 원전에 충실하려고 노력했으나 문화적 차이로 인하여 불가피하게 의미를 약간 바꾼 곳도 더러 있다.

출판을 위해 노력해주신 문예출판사 여러분께 감사를 드린다.

김운찬

옮긴이 김운찬

한국외국어대학교 이태리어과와 동대학원을 졸업하였다. 이탈리아 볼로냐대학교에서 움베르토 에코의 지도하에 화두(話頭)에 대한 기호학적 분석으로 박사 학위를 취득하고, 현재 대구가톨릭대학교 이태리어과 교수로 재직 중이다.
옮긴 책으로는 에코의 《미네르바 성냥갑》, 《논문 잘 쓰는 방법》, 《소설 속의 독자》, 《대중의 슈퍼맨》, 《누구를 위하여 종을 울리나 묻지 맙시다》, 《낯설게 하기의 즐거움》, 칼비노의 《마르코발도》, 《코스미코미케》, 파베세의 《피곤한 노동》 등이 있다.

신부님 우리 신부님

1판 1쇄 발행 1988년 12월 10일
2판 1쇄 발행 1999년 12월 30일
2판 재쇄 발행 2019년 8월 30일

지은이 조반니 과레스키 | 옮긴이 김운찬
펴낸곳 (주)문예출판사 | 펴낸이 전준배
출판등록 1966. 12. 2. 제1-134호
주소 03992 서울시 마포구 월드컵북로 6길 30
전화 393-5681 | 팩스 393-5685
홈페이지 www.moonye.com | 블로그 blog.naver.com/imoonye
페이스북 www.facebook.com/moonyepublishing | 이메일 info@moonye.com

ISBN 978-89-310-0509-7 03880

◦ 잘못 만든 책은 구입하신 서점에서 바꿔드립니다.